LE SILENCE

Titre original :
The Silence
Éditeurs originaux :
Scribner / Simon & Schuster, Inc., New York
Picador, Londres

ISBN 978-2-330-17437-8

DON DELILLO

LE SILENCE

suivi de

HOMME
À SA FENÊTRE

roman traduit de l'anglais (États-Unis)
par Sabrina Duncan

BABEL

À Barbara Bennett.

J'ignore de quelles armes usera la troisième guerre mondiale mais la quatrième se fera à coups de bâtons et de pierres.

ALBERT EINSTEIN

PREMIÈRE PARTIE

1

Mots, phrases, chiffres, distance restante.

L'homme toucha le bouton et son siège abandonna la position verticale. Il se retrouva les yeux levés vers le plus proche des petits écrans situés juste sous les coffres à bagages, face à des mots et des chiffres qui se modifiaient au fil du vol. Altitude, température extérieure, vitesse, heure d'arrivée. Il avait envie de dormir mais continuait à regarder.

*Heure à Paris. Heure à** Londres.

"Regarde", dit-il, et la femme hocha vaguement la tête tout en continuant à écrire dans un petit carnet bleu.

Il se mit à débiter les mots et les chiffres à voix haute parce que cela n'avait aucun sens, que c'était sans effet, de prendre note du détail de changements dont chacun se perdait instantanément

* Les mots en italique suivis d'un astérisque sont en français dans le texte original. *(Toutes les notes sont de la traductrice.)*

dans le double bourdonnement du mental et de l'avion.

"Donc. Altitude trente-trois mille deux pieds. Voilà qui est net et précis. dit-il. Température extérieure moins cinquante-huit degrés C."

Il se tut, attendant qu'elle dise "Celsius", mais elle garda les yeux fixés sur le carnet posé sur la tablette en face d'elle et réfléchit un moment avant de se remettre à écrire.

"Donc. Heure de New York douze heures cinquante-cinq. Du matin ou du soir, ce n'est pas dit. Et d'ailleurs on n'a pas besoin de le savoir."

L'objectif c'était de dormir. Il avait besoin de dormir. Mais les mots et les chiffres continuaient à tomber.

"Heure d'arrivée seize heures trente-deux. Vitesse quatre cent soixante et onze miles/h. Durée de vol restante trois heures trente-quatre.

— Je repensais au plat principal, dit-elle. Et aussi à ce champagne au jus d'airelles.

— Mais tu n'en as pas pris.

— Ça avait l'air prétentieux. Mais j'ai hâte que les scones arrivent, tout à l'heure."

Elle écrivait et parlait en même temps.

"J'aime bien prononcer le mot correctement, dit-elle. Un *o* bref ? Comme dans « bloc » ou « forte ». À moins que ça ne soit *scone* comme dans « dôme » ?"

Il la regardait écrire. Était-elle en train d'écrire ce qu'elle était en train de dire, ce que tous deux étaient en train de dire ?

Elle dit : "Celsius. Avec un C majuscule. C'était le nom de quelqu'un. Je n'arrive pas à me souvenir de son prénom.

— Alors si on passait à *vitesse**. Qu'est-ce que ça veut dire, *vitesse** ?

— Je pense à Celsius et à ses travaux sur la mesure centigrade.

— Sans oublier Fahrenheit.

— Lui aussi, oui.

— Qu'est-ce que ça veut dire, *vitesse** ?

— Quoi ?

— *Vitesse**.

— Vitesse, dit-elle.

— *Vitesse**. Sept cent quarante-huit *km**/heure."

Il s'appelait Jim Kripps. Mais pour toute la durée du vol il avait pour nom son numéro de siège. Un protocole bien établi, par ses soins, en conformité avec le numéro figurant sur sa carte d'embarquement.

"Il était suédois, dit-elle.

— Qui ça ?

— M. Celsius.

— Tu as regardé ton téléphone en douce ?

— Tu sais bien comment ça se passe, avec ces trucs-là.

— Oui, ils remontent des tréfonds de la mémoire. Et quand le prénom va débarquer, je commencerai à sentir la pression.

— Quelle pression ?

— Sortir le prénom de M. Fahrenheit."

Elle dit : "Retourne donc à ton écran céleste.

— Ce vol. Tous les vols longue distance. Ces heures et ces heures. L'au-delà de l'ennui.

— Allume ta tablette. Regarde un film.

— J'ai envie de parler. Pas de casque. On a tous les deux envie de parler.

— Pas d'écouteurs. Parler et écrire."

C'était la femme de Jim, Tessa Berens, la peau brune, d'ascendance caribéano-européenne et asiatique, poétesse dont des revues littéraires publiaient souvent le travail. Elle occupait également un poste de rédactrice au sein d'un groupe de conseil qui répondait en ligne aux questions posées par les abonnés sur des sujets allant de la perte de l'audition ou du sens de l'équilibre aux troubles psychotiques.

Ici, dans les airs, l'essentiel des propos que le couple échangeait semblait relever de quelque processus automatisé, des remarques générées par la nature même du voyage aérien. Fini les discussions spontanées dans des pièces, des restaurants, où la loi de la gravitation régit le mouvement général tandis que la parole flotte librement. Toutes ces heures passées au-dessus d'océans ou de vastes masses continentales, les phrases coupées, comme repliées sur elles-mêmes, passagers, pilotes, équipage, chaque mot oublié dès que l'avion touche le tarmac avant de se mettre à rouler interminablement sur la piste en direction d'une passerelle disponible.

Lui seul, songea-t-il, garderait un vague souvenir de tout cela, au milieu de la nuit, au lit, l'image de gens endormis, emmitouflés dans les couvertures de la compagnie aérienne, leur air d'être morts, l'hôtesse élancée qui demande s'il veut encore un verre de vin, le vol qui s'achève, l'extinction du panneau lumineux attachez vos ceintures, le sentiment de délivrance, les passagers debout dans les allées, qui attendent, l'équipage à la sortie avec tous ses merci et ses signes de tête, les kilomètres de sourires.

"Trouve-toi un film. Regarde un film.

— J'ai trop sommeil. Distance restante mille six cent un miles. Heure à Londres dix-huit heures zéro quatre. Vitesse quatre cent soixante-cinq miles/h. Je lis tout ce qui vient. *Durée du vol** trois heures quarante-cinq."

Elle dit : "C'est à quelle heure, le match ?

— Coup d'envoi à six heures et demie.

— Et on sera arrivés à temps ?

— Je l'ai lu sur l'écran, non ? Heure d'arrivée : bla bla bla.

— On atterrit à Newark, n'oublie pas."

Le match. Dans une autre vie peut-être qu'elle pourrait s'y intéresser. Le vol. Elle avait envie de se retrouver à destination sans passer par cette case intermédiaire. Ça existe les gens qui aiment les vols long-courriers ? Elle n'était clairement pas de ceux-là.

"*Heure à Paris** dix-neuf heures zéro huit, dit-il. *Heure à** Londres dix-huit heures zéro huit. Vitesse quatre cent soixante-trois miles/h. On vient de perdre deux miles à l'heure.

— OK. Je vais te dire ce que je suis en train d'écrire. Rien de compliqué : certaines des choses qu'on a vues.

— En quelle langue ?

— Anglais basique. Au clair de la lune.

— On a des dépliants et des brochures à ne plus savoir qu'en faire.

— J'ai besoin de le voir écrit de ma main, peut-être dans vingt ans, si je suis toujours de ce monde, et de découvrir qu'il manque un élément, quelque chose que je ne vois pas à l'heure qu'il est, si nous sommes tous encore de ce monde, dans vingt ans, dix ans.

— À passer le temps. Il y a ça aussi.

— À passer le temps. Être assommants. À vivre.

— Donc. *Température extérieure** moins cinquante-sept degrés F, dit-il. Je fais de mon mieux pour prononcer du français basique. Distance restante mille cinq cent soixante-dix-huit miles. On aurait dû contacter le service de voiturier.

— On sautera dans un taxi.

— Tous ces gens, sur ce genre de vol. Ils ont des voitures qui les attendent. La bousculade monstre aux sorties. Ils savent exactement où aller.

— Ils ont enregistré leurs bagages, la plupart d'entre eux, certains d'entre eux. Nous non. C'est notre atout.

— Heure à Londres dix-huit heures onze. Heure d'arrivée seize heures trente-deux. La même que la dernière fois. Rassurant, j'imagine. Heure à Paris dix-neuf heures onze. Altitude trente-trois mille trois pieds. *Durée du vol** trois heures seize."

Le fait de dire les mots et les chiffres à voix haute, de parler, d'énumérer, conférait à ces indicateurs, relevés officiellement ou volontairement, une existence momentanée – le registre audible, pensa-t-il, du où et du quand.

Elle dit : "Ferme les yeux.

— D'accord. Vitesse quatre cent soixante-seize miles à l'heure. Temps de vol restant."

Elle avait eu raison, on n'enregistre pas les sacs, on pourra les caser dans le coffre à bagages. Il regarda l'écran et pensa au match une seconde, il ne savait plus contre qui jouaient les Titans.

Heure d'arrivée seize heures trente. *Température extérieure** moins quarante-sept degrés C. Heure à Paris vingt heures treize. Altitude trente-quatre mille deux pieds. Ces deux pieds lui plaisaient. Indiscutablement dignes d'être consignés. Température extérieure moins cinquante-trois degrés F. *Distance à parcourir**.

Les Seahawks, bien sûr.

Son patronyme, Kripps, évoquait un homme de haute stature et il était grand, en effet, mais sur le mode évasif, et n'avait aucun mal à assouvir son aspiration à la banalité. Il n'était pas de ces têtes altières pointant au-dessus de la mêlée, juste une silhouette voûtée jouissant de son anonymat.

Son esprit revint à l'étape de l'embarquement, tous les passagers enfin assis sur leurs sièges, le repas qui va suivre sous peu, les serviettes chaudes pour les mains, la brosse à dents, le dentifrice, les chaussettes, la bouteille d'eau, l'oreiller et la couverture.

A-t-il éprouvé un soupçon de honte face à cette panoplie ? Ils avaient, malgré les frais, décidé de voyager en classe affaires parce que l'exiguïté des espaces en économique sur un long-courrier représentait un défi qu'ils voulaient, pour une fois, éviter d'avoir à relever.

Masque pour les yeux, crème hydratante pour le visage, le chariot des vins et des alcools qu'une hôtesse ou un steward pousse de temps à autre le long de la travée.

Il regardait l'écran suspendu et ce qu'il ressentait c'était la tentation de se laisser stupidement aller. Il se considérait comme un pur et simple touriste. Avions, trains, restaurants. Il ne cherchait jamais à être bien habillé. Pour lui c'était l'œuvre d'un imposteur, d'une fausse copie de lui-même. L'homme dans le miroir, tellement subjugué par le contour de son image.

“C'était quand le jour où il a plu ? dit-elle.

— Tu notes le jour où il a plu dans ton livre de souvenirs. Le jour où il a plu, immortalisé. Tout l'enjeu des vacances c'est de les vivre sur le mode de l'exception. C'est toi qui me l'as dit. De garder en tête les temps forts, les moments et les heures mémorables. Les longues promenades, les bons repas, les bars à vins, la vie nocturne.”

Il ne s'écoutait pas lui-même sachant ce que ses propos avaient d'éculé.

"*Jardin du Luxembourg, île de la Cité, Notre-Dame**, mutilée mais vivante. *Centre Pompidou**. J'ai encore le talon du billet.

— J'ai besoin de savoir quel jour il a plu. L'idée, c'est de relire ces notes dans des années et de voir à quel point elles sont précises, détaillées.

— Tu ne peux pas t'en empêcher.

— Je ne veux pas m'en empêcher, dit-elle. Tout ce que je veux, c'est rentrer à la maison et regarder un mur vide.

— Durée de vol restante une heure vingt-six. Je vais te dire ce dont je serai incapable de me souvenir. Le nom de cette compagnie aérienne. Il y a deux semaines, à l'aller, c'était une autre compagnie, sans écrans bilingues.

— Mais tu es bien content avec cet écran. Tu l'aimes, ton écran.

— Il m'aide à m'abriter du bruit."

Tout prédéterminé, vol long-courrier, ce qu'on pense et ce qu'on dit, notre immersion dans une longue note tenue, le vrombissement du moteur, notre façon d'accepter le besoin de nous y adapter, de rendre la chose tolérable, même si elle ne l'est pas.

Un siège qui répond au désir de massage du passager.

"En parlant de se rappeler : je me rappelle maintenant, dit-elle.

— Quoi donc ?

— C'est sorti de nulle part. Anders.

— Anders.

— Le prénom de M. Celsius.

— Anders, répéta-t-il.

— Anders Celsius."

Elle en éprouva de la satisfaction. Sorti de nulle part. Il ne reste presque plus rien du nulle part. Qu'un fait manquant émerge sans le concours du numérique et on s'empresse de le dire à l'autre, le regard perdu au loin, dans les limbes des connaissances disparues.

"Les enfants, sur ce vol. Très bien élevés, dit-il.

— Ils savent qu'ils ne sont pas en classe éco. Ils sont conscients de leur responsabilité."

Elle parlait et écrivait en même temps, la tête baissée.

"Donc. Altitude dix mille trois cent soixante-quatre pieds. Heure à New York quinze heures zéro deux.

— Sauf que c'est à Newark qu'on va.

— On n'est pas obligés de voir chaque seconde du match.

— Moi, non.

— Moi non plus, dit-il.

— Bien sûr que si."

Il décida de dormir pendant une demi-heure ou jusqu'à ce qu'un membre de l'équipage se présente avec la collation d'avant l'atterrissage. Du thé, des petits gâteaux. Ça se mit à secouer d'un côté et de l'autre. Il savait qu'il était censé ne pas en tenir compte et que Tessa était censée hausser les épaules en disant : Un vol tranquille jusqu'à présent. La consigne "Attachez vos ceintures" s'afficha, écarlate. Il ajusta sa ceinture et regarda l'écran tandis qu'elle se recroquevillait davantage jusqu'à presque s'incorporer à son carnet. Les secousses se firent violentes, altitude, température extérieure, vitesse, il continuait à regarder l'écran mais sans dire un mot. Le bruit noyait tout. Une femme qui tentait de rejoindre la première rangée de sièges après être passée aux toilettes titubait dans la travée en s'accrochant aux dossiers des fauteuils. Voix dans le haut-parleur, celle, en français, du pilote, puis celle, en anglais, d'un des membres de l'équipage, et il se dit qu'il pourrait reprendre sa lecture à voix haute des informations à l'écran avant de conclure qu'une telle option, au beau milieu d'une détresse tant mentale que physique, relevait de l'obstination imbécile. Elle le regardait à présent, elle n'écrivait plus elle le regardait, et il lui vint à l'esprit qu'il devait relever le dossier de son siège. Comme venait de le faire Tessa qui laissait maintenant son plateau glisser dans la fente avant de ranger carnet et stylo dans la poche du siège. Un choc énorme quelque part au-dessous d'eux. L'écran devint noir. La voix du capitaine, en français, mais pas d'enchaînement en anglais. Jim agrippa les bras de son fauteuil puis vérifia la ceinture de Tessa et resserra la sienne. Il s'imagina chaque passager, chez lui, les yeux rivés sur les infos de dix-huit heures sur

Channel 4, dans l'attente des nouvelles sur le crash de leur avion.

"On a peur ?" dit-elle.

Il laissa la question en suspens, pensant thé, petits gâteaux, thé, petits gâteaux.

2

Laisser l'impulsion dicter la logique.
Tel était le credo du parieur, son acte de foi officiel.

Ils attendaient, assis devant l'écran géant de leur télévision. Diane Lucas et Max Stenner. Lui avait un long passé de gros paris sportifs, et ce jour-là c'était le dernier match de la saison de football, football américain, deux équipes, onze joueurs dans chaque, terrain rectangulaire de quatre-vingt-dix mètres de long, lignes d'en-but et poteaux à chaque extrémité, l'hymne national entonné par une semi-célébrité et six Thunderbirds de l'US Air Force pour zébrer le ciel au-dessus du stade.

Max était sédentaire par habitude, accroché à une surface, son fauteuil, il restait assis à regarder et pestait en silence quand un joueur ratait un coup de pied à trois points ou laissait échapper le ballon. L'invective se lisait dans ses yeux plissés, le droit presque complètement fermé, mais selon la situation de jeu et l'importance du pari, c'est son visage tout entier qui pouvait dire l'outrage, le regret absolu, lèvres serrées, menton légèrement tremblant, et pli près du nez qui s'allonge.

Le tout sans un mot, seulement cette tension, et ce mouvement anthropoïde de la main droite qui venait gratter le bras gauche, façon primate, doigts enfoncés dans la chair.

Ce jour-là, date du Super Bowl LVI de l'an 2022, Diane était assise dans un fauteuil à bascule, à un peu plus d'un mètre de Max, et entre eux, en retrait, Martin, l'ancien étudiant de Diane, la petite trentaine, assis sur une chaise de cuisine, légèrement penché en avant.

Pubs, bandes-annonces, bla-bla d'avant-match.

Max, par-dessus son épaule : "L'argent est toujours là, l'écart de points, la mise en tant que telle. Mais consciemment, je reconnais que je fais une séparation. Quoi qu'il se passe sur le terrain je conserve l'écart de points bien en tête mais pas la mise en tant que telle.

— De grosses sommes. Mais le montant réel, dit Diane, il le garde pour lui. Domaine réservé. J'attends qu'il meure le premier pour qu'il me révèle dans un dernier souffle combien d'argent il a foutu en l'air au cours de notre espèce de vague… association.

— Demande-lui combien d'années."

Le jeune homme garda le silence.

"Trente-sept années, dit Diane. Pas malheureuses mais dans une routine atroce, parfois, deux personnes à ce point cramponnées l'une à l'autre que le jour approche où aucun de nous deux ne se souviendra du nom de l'autre."

Un tunnel de publicités venait de démarrer et Diane regarda Max. Bière, whisky, cacahuètes, lessive, soda. Elle se tourna vers le jeune homme.

Dit : "Max est scotché à la télé. Il devient ce consommateur qui n'avait pas l'intention d'acheter. Une centaine de pubs dans les trois ou quatre heures qui viennent.

— Je les regarde.

— Sans rire ni pleurer. Mais il regarde."

Deux autres chaises, flanquant le couple, en attente des retardataires.

Martin était toujours à l'heure, soigneusement vêtu, rasé de frais, il vivait seul dans le Bronx où il enseignait la physique au lycée et parcourait les rues en tout anonymat. C'était un établissement privé sous contrat, des élèves brillants, et lui, le prof un peu excentrique qui les guidait à travers les merveilles opaques de leur discipline.

"À la mi-temps ça m'arrive de manger un morceau, dit Max. Mais je continue de regarder.

— Il écoute, aussi.

— Je regarde et j'écoute.

— Le son au minimum.

— Comme maintenant, dit Max.

— On peut parler.

— Parler, écouter, manger, boire, regarder."

Durant toute l'année précédente, Diane avait répété au jeune homme de revenir sur terre. C'est à peine s'il arrivait à occuper un siège, il ne semblait présent que par intermittence, un stéréotype original, différent des autres, rien d'une personnalité prévisible ou superficielle mais un homme perdu dans l'étude compulsive du *Manuscrit de 1912 d'Einstein sur la théorie de la relativité restreinte.*

Avec une tendance à tomber dans un état de transe blême. Une maladie ? Quelque chose de chronique ?

À l'écran, un commentateur et un ancien entraîneur débattaient des deux *quarterbacks.* Max râlait souvent : on réduisait le foot professionnel à deux joueurs, plus faciles à appréhender que des équipes en constant déplacement.

On était à une pub du coup d'envoi. Max se leva et fit pivoter le haut de son corps, d'un côté, de l'autre, le plus loin possible, pieds bien ancrés au sol, puis dirigea son regard droit devant lui pendant une dizaine de secondes. Quand il se rassit, Diane hocha la tête comme pour autoriser les programmes à reprendre leur cours normal.

La caméra balayait la foule.

Elle dit : "Imaginez qu'on soit là-bas. À nos places quelque part dans les plus hauts gradins du stade. Comment s'appelle le stade ? Il tire son nom de quelle entreprise ou de quel produit ?"

Elle leva un bras pour marquer une pause pendant qu'elle cherchait un nom pour le stade.

"Le Colisée Commémoratif du Décongestionnant Nasal Benzedrex."

Max mima des applaudissements sans que ses mains se touchent tout à fait. Il aurait bien voulu savoir où étaient les autres, si leur vol avait été retardé, s'ils avaient été pris dans des embouteillages sur la route, s'ils apportaient de quoi boire et manger pour la mi-temps.

"On a tout ce qu'il faut.

— Et si on avait besoin de plus ? Cinq personnes. La mi-temps va durer. Chansons, danse, sexe – tout ce que tu veux."

Les équipes sortirent à petites foulées pour prendre leurs positions respectives. L'équipe qui donne le coup d'envoi. L'équipe qui reçoit.

Martin dit : "Le truc qui m'a complètement scotché à ma télé c'est la Coupe du Monde. Une compétition planétaire. Frapper le ballon du pied, faire une tête, ne pas toucher le ballon avec les mains. Des traditions anciennes. Des nations entières engagées corps et âme. Une religion partagée. Les perdants qui s'effondrent sur le terrain.

— Les gagnants aussi s'effondrent sur le terrain, dit Diane.

— Des gens rassemblés sur des places immenses, d'un pays à l'autre, la Coupe du Monde, les acclamations, les larmes.

— Les gens qui s'effondrent dans la rue.

— J'ai regardé une fois, comme ça. Des blessures bidon, dit Max. Et puis c'est quoi ce sport où on ne peut pas se servir de ses mains ? Où ne peut pas toucher le ballon avec les mains à moins d'être le gardien ? C'est réprimer une impulsion normale. Voilà le ballon :

tu l'attrapes et tu cours avec. Ça, c'est normal. Tu l'attrapes et tu le lances.

— La Coupe du Monde, répéta Martin, à la limite du murmure. Je ne pouvais pas m'empêcher de regarder."

Quelque chose se produisit alors. Sur l'écran, les images se mirent à trembler. Rien à voir avec l'habituelle distorsion visuelle, le phénomène était doté de profondeur, il produisait des motifs abstraits qui pulsaient en rythme jusqu'à fusionner pour produire une série de formes sommaires qui avaient l'air de se projeter en avant puis de reculer. Des rectangles, des triangles, des carrés.

Ils regardèrent et écoutèrent. Mais il n'y avait rien à écouter. Max ramassa la télécommande par terre devant lui et pressa le bouton du volume à plusieurs reprises mais il n'y avait pas de son.

Puis l'écran devint noir. Max appuya sur le bouton marche. Marche, arrêt, marche. Lui et Diane vérifièrent leurs téléphones. Morts. Elle se dirigea vers celui de la maison, la ligne fixe, une relique sentimentale. Pas de tonalité. L'ordinateur portable : inerte. Elle s'approcha de l'ordinateur dans la pièce d'à côté, actionna deux ou trois commandes au hasard mais l'écran resta gris.

Elle revint vers Max et se tint derrière lui, les mains sur ses épaules, attendant qu'il crispe les poings et se mette à pester.

Calmement, il dit : "Et mon pari dans tout ça ?"

Il regarda Martin, en quête d'une réponse.

"Une sacrée somme. Elle devient quoi, ma mise ?"

Martin dit : "C'est peut-être la gouvernance algorithmique. Les Chinois. Les Chinois regardent le Super Bowl. Ils jouent au football américain. Les Beijing Barbarians*. C'est la pure vérité. Et c'est nous les dindons de la farce. Ils ont initié une apocalypse discriminante par internet interposé. Ils sont en train de regarder le match, et pas nous."

Max tourna les yeux vers Diane qui s'était rassise et regardait Martin. Ce n'était pas le genre d'homme à plaisanter avec des sujets sérieux. Ou peut-être que c'étaient les seuls qu'il trouvait amusants ?

À cet instant des bribes de dialogue s'échappèrent de l'écran noir. Ils essayèrent de les identifier. De l'anglais, du russe, du mandarin, du cantonais ? Quand ça s'arrêta, ils attendirent la suite. Ils regardèrent, écoutèrent, attendirent.

"Ce n'est pas du langage terrien, dit Diane. C'est de l'extraterrestre."

Elle n'était pas bien sûre d'être celle qui plaisantait à présent. Elle mentionna les avions de chasse qui avaient survolé le stade une dizaine de minutes plus tôt.

Max dit : "C'est comme ça tous les ans. Nos avions, le survol rituel."

* Nom de l'équipe de football américain de Pékin.

Il répéta cette dernière expression et regarda Martin pour qu'il en confirme l'éloquence.

Puis il ajouta : "Un rituel dépassé. On a fait toutes les comparaisons possibles entre le football et la guerre. Des chiffres romains pour les guerres mondiales, et des chiffres romains pour le Super Bowl. La guerre c'est autre chose, et ça se passe ailleurs.

— Des réseaux occultes, disait Martin, qui mutent d'une minute, d'une microseconde à l'autre, avec une rapidité qui défie l'imagination. Regardez cet écran noir. Qu'est-ce qu'il nous cache ?

— Personne n'est plus intelligent que les Chinois, dit Diane. À part Martin."

Max regardait toujours le jeune homme.

"Dis quelque chose d'intelligent, dit-il.

— Il cite Einstein du matin au soir. C'est très intelligent.

— D'accord, alors peut-être une note en bas de page dans le *Manuscrit* de 1912 : « les magnifiques et immatériels concepts de l'espace et du temps », ce qui n'a rien d'intelligent en soi sauf que je n'arrête pas de me le répéter.

— En anglais ou en allemand ?

— Ça dépend.

— De l'espace et du temps, dit-elle.

— De l'espace et du temps. L'espace-temps.

— Pendant les cours tu citais des notes de bas de page. Tu disparaissais dans les notes de bas de page. Einstein, Heisenberg, Gödel. Relativité, incertitude, incomplétude. Bêtement, je m'escrime à essayer d'imaginer toutes ces pièces, dans toutes ces villes, où le match est retransmis. Tous ces gens en train de regarder attentivement ou qui sont assis comme nous, perplexes, abandonnés par la science, la technologie, le sens commun."

Brusquement elle emprunta son téléphone à Martin, pensant qu'il serait peut-être mieux adapté aux circonstances présentes. Elle regarda Max. Elle voulait appeler ses filles, l'une à Boston, mariée, deux enfants et l'autre en vacances quelque part en Europe. Elle appuya sur des touches, secoua l'engin, le regarda, le tapota de l'ongle de son pouce.

Rien.

"Quelque part au Chili", disait Martin.

Elle attendit la suite.

Il dit : "Je ne démords pas d'Einstein, peu importe ce que les théoriciens ont révélé ou prédit ou imaginé sur les ondes gravitationnelles, la super symétrie et ainsi de suite. Einstein et les trous noirs dans l'espace. Il les a décrits, et après on les a vus. Des milliards de fois plus massifs que notre Soleil. Il a dit ça il y a des décennies. Son univers est devenu le nôtre. Trous noirs. Horizon des événements. Horloges atomiques. Voir l'invisible. Au centre-nord du Chili. Je l'ai dit, ça ?

— Tu as tout dit.

— Le Grand Télescope d'Étude Synoptique.

— Quelque part au Chili. C'est ce que tu as dit."

Max fit semblant de bâiller.

"Revenons à nos moutons. Ce qu'on a, c'est une couille au niveau des communications qui affecte cet immeuble et peut-être le quartier, mais personne d'autre ailleurs.

— Et donc on fait quoi ?

— On parle aux gens qui habitent cet immeuble. Nos soi-disant voisins", dit-il.

Il la regarda, se leva, haussa les épaules et prit la porte.

Les deux autres demeurèrent un moment assis en silence. Diane réalisa qu'elle ne savait pas comment rester assise en silence avec Martin.

"On mange quelque chose ?

— Peut-être à la mi-temps. Si la mi-temps arrive un jour.

— Einstein, dit-elle. Le manuscrit.

— Oui, les mots et les expressions qu'il a barrés. C'est comme de le voir en train de penser.

— Quoi d'autre ?

— La nature du texte manuscrit. Les chiffres, les lettres, les expressions.

— Quelles expressions ?

— « La force d'attraction qu'exerce le champ de gravitation », « le principe d'inertie de l'énergie ».

— Quoi d'autre ?

— « Point d'univers », « ligne d'univers ».

— Quoi d'autre ?

— « *Weltpunkt* », « *Weltlinie** ».

— Quoi d'autre ?

— La façon dont, sur le fac-similé, les pages deviennent moins pâles, fugitivement, vers la fin du livre.

— Quoi d'autre ?

— Un coffret, une reliure, des pages au format 25 × 40. Un gros machin, je le soupèse, je tourne les pages, je les balaie du regard.

— Quoi d'autre ? dit-elle.

— Einstein, c'est lui, son écriture manuscrite, ses formules, ses chiffres et ses lettres à lui. La pure beauté physique des pages."

Il avait quelque chose d'érotique, cet échange. Les réponses de Martin étaient brèves et il y avait dans sa voix quelque chose de l'excitation propre à quelqu'un qui a pris note de ce qui importe vraiment.

Elle continuait à fixer l'écran noir droit devant elle.

"Quoi d'autre ? Quoi d'autre ?

— Six mots.

— Lesquels ?

— Théorème de l'addition des vitesses.

— Dis-le encore."

Il le dit encore. Elle avait envie de les entendre à nouveau mais décida qu'il était temps d'arrêter. Ce binôme maître et élève inversé.

* En allemand dans le texte.

Martin Dekker. Son nom complet, ou à peu près. Elle ferma les yeux et le prononça dans sa tête. Ajoutant : Martin Dekker, vas-tu vivre tout seul pour le restant de tes jours ? L'écran noir semblait représenter une réponse possible.

Puis elle se tourna pour le regarder.

“Mais où il est passé ? Et les autres, ils sont où ?

— Quels autres ?

— Les deux chaises vides. De vieux amis, plus ou moins. Le mari et la femme. Ils rentrent de Paris, je crois. Ou de Rome.

— Ou du Centre-Nord du Chili.

— Du Centre-Nord du Chili.”

Max était de retour et traversait la pièce pour se diriger droit sur la fenêtre d'où il contempla les rues dominicales désertes. La discussion s'engagea sur les portes auxquelles il avait frappé et celles qu'il avait évitées. Ces portes devinrent alors le sujet principal, simples panneaux de bois désormais dignes d'être décrits : éraflés, maculés, récemment repeints. À cet étage, les plus proches voisins, pas la peine. “À l'étage du dessous, cinq portes, trois réponses, dit-il, levant la main, trois doigts dressés. À l'étage plus bas, quatre réponses, deux ont mentionné le match.

— Et alors ? dit-elle.

— Ils ont vu et entendu la même chose que nous. Nous étions debout dans le couloir, des voisins pour la première fois. Des hommes, des femmes, à nous saluer de la tête.

— Vous avez fait les présentations ?

— On s'est salués de la tête.

— Je vois. Question importante : est-ce que l'ascenseur fonctionne ?

— J'ai pris l'escalier.

— D'accord. Et est-ce que quelqu'un avait une idée de ce qui se passe ?

— Un truc technique. Personne n'a accusé les Chinois. Une défaillance dans le système. Et aussi une tache solaire. Cette réaction-là, sur un ton très sérieux. Un type qui fumait la pipe. Non, je ne lui ai pas dit qu'il était interdit de fumer dans l'immeuble.

— Puisque toi-même. Un cigare de temps en temps, précisa-t-elle, à l'adresse de Martin.

— Une tache solaire. Un puissant champ magnétique. Je l'ai fixé droit dans les yeux.

— Tu lui as fait ton regard vous-êtes-condamné-à mort.

— Il a dit que les experts allaient effectuer des réglages."

Max, sans quitter la fenêtre, répéta cette dernière formule dans un murmure.

Diane attendait que Martin prenne la parole. Elle savait ce qu'elle avait envie qu'il dise. Mais comme rien ne venait, elle tenta une version ludique sous forme de question.

"C'est le moment où tout le monde s'embrasse, juste avant l'écroulement de la civilisation mondiale, c'est ça ?"

Elle émit un petit rire forcé et attendit que quelqu'un dise quelque chose.

3

La vie devient quelquefois si intéressante qu'on en oublie d'avoir peur.

Dans le van, à travers les rues silencieuses, Jim attendait que Tessa pose les yeux sur lui pour échanger un regard.

Il y avait d'autres gens entassés dans le véhicule, deux membres de l'équipage, un homme qui parlait tout seul en français, un autre qui parlait à son téléphone et secouait l'appareil en pestant. D'autres qui gémissaient. D'autres encore, silencieux, tout à leurs tentatives de reconstituer ce qui s'était passé, qui ils étaient.

Un agrégat chancelant de métal, de verre et d'existence humaine tombé du ciel.

Quelqu'un disait : "On descendait. Je n'arrivais pas à croire qu'on était pour ainsi dire en train de flotter."

Quelqu'un d'autre répondait : "Flotter, je ne sais pas. Au début peut-être. Mais ça a tapé fort.

— On a raté la piste ?

— Un atterrissage forcé. Des flammes, disait une femme. On dérapait alors j'ai regardé par le hublot : l'aile était en feu."

Jim Kripps s'efforça de se rappeler ce qu'il avait vu. Il s'efforça de se rappeler sa peur.

Il était blessé au front, une entaille, mais qui ne saignait plus à présent. Tessa ne cessait de la fixer, avec une espèce d'envie de la toucher ; elle se disait peut-être que ça les aiderait à se souvenir. Toucher, étreindre, parler sans s'arrêter. Leurs téléphones étaient morts mais rien d'étonnant. L'un des passagers avait une entorse au bras et des dents en moins. Il y avait d'autres blessures. Le chauffeur leur avait dit qu'ils se rendaient dans une clinique.

Tessa Berens. Son nom, elle le savait. Elle avait son passeport, son argent et son manteau mais plus un seul bagage, plus de carnet, pas l'impression d'être passée à la douane, pas l'ombre du souvenir d'une peur quelconque. Elle s'efforçait de se remettre plus clairement les choses en tête. Jim était à ses côtés, quelqu'un à qui on pouvait se fier, qui travaillait en tant qu'expert ès sinistres pour une compagnie d'assurances.

Pourquoi était-ce à ce point rassurant ?

Il faisait froid, il faisait noir, mais il y avait une joggeuse dans la rue, une femme en short et tee-shirt qui avançait à foulées régulières sur la piste réservée aux cyclistes. Ils en dépassèrent d'autres qui couraient çà et là, pressés, distants, peu nombreux, et pas un pour gratifier les autres d'un coup d'œil.

"Il ne manque plus que la pluie, dit Jim, et là, on saurait qu'on était des personnages de film."

Dans leurs uniformes un peu malmenés, les membres de l'équipage se taisaient. D'autres passagers du van leur posèrent deux ou trois questions. Des réponses évasives, puis plus rien.

"Il faut qu'on pense à se répéter qu'on est toujours en vie", dit Tessa, suffisamment fort pour que les autres puissent l'entendre.

L'homme qui parlait français entreprit de poser des questions au chauffeur. Tessa s'essayait à jouer les interprètes auprès de Jim.

Le chauffeur avait ralenti comme pour s'adapter au rythme de la femme qui courait. Il n'avait de réponse à aucune question, dans aucune langue. Un homme âgé déclara qu'il devait aller aux toilettes. Mais le chauffeur n'accéléra pas, manifestement déterminé à rester aligné sur la joggeuse.

La femme courait, le regard droit devant elle.

4

Ou comment saints et anges,
oubliés par les nuées de touristes émerveillés,
hantent les églises désertes à minuit.

Max s'était rassis et enrageait. Il ne cessait de fixer l'écran noir. Il ne cessait de répéter *Jésus*, *Doux Jésus* ou *Bonté divine*.

Assise en biais, Diane avait désormais les deux hommes dans son champ de vision. Elle dit à Max qu'il devrait en profiter pour aller préparer la petite collation prévue pour la mi-temps. Qui sait, le signal reviendrait peut-être d'ici quelques minutes et le match aurait démarré, puis elle ajouta qu'elle n'en croyait pas un mot.

Au lieu de se diriger vers la cuisine, Max s'avança vers le bar et se servit un verre de bourbon de la marque Widow Jane, vieilli dix ans en fûts de chêne américain.

En temps normal il n'aurait pas manqué de le lancer à la cantonade. *Vieilli dix ans en fûts de chêne américain.* Il aimait bien dire ça, une pointe d'ironie dans la voix.

Cette fois il s'abstint et ne proposa pas à Martin de lui servir un verre. Sa femme buvait du vin mais uniquement à table, jamais devant le foot.

Il marmonna encore *Jésus* à plusieurs reprises, assis les yeux fixés sur l'écran, son verre à la main, dans l'attente.

Diane regarda Martin. Elle aimait ça. Elle faisait mine de l'étudier. Dans sa tête elle le baptisa "Le jeune Martin", un titre de chapitre dans un livre.

Puis elle dit doucement : "Jésus de Nazareth."

Martin allait-il réagir comme elle l'imaginait ?

"Le nom radieux, dit-il.

— C'est ce qu'on dit. Toi, moi. Il a dit quoi, Einstein ?

— Il a dit : « Je suis juif mais je suis fasciné par la figure lumineuse du Nazaréen. »"

Max scrutait l'écran noir. Regardait et buvait. Diane s'efforçait de garder les yeux fixés sur Martin. Elle savait que le nom de *Jésus de Nazareth* était chargé d'une dimension intangible qui entraînait Martin dans son aura. Il n'appartenait à aucune religion en particulier et ne révérait aucune créature dotée d'un prétendu pouvoir surnaturel.

C'était le nom qui le captivait. La beauté du nom. Le nom et le lieu.

Max était penché en avant. On aurait dit qu'il était en train d'essayer de faire surgir une image sur l'écran par la seule force de sa volonté.

Diane dit : "Rome, Max, Rome. Tu t'en souviens. Jésus dans les églises et sur les murs et les plafonds des *palazzi*. Tu t'en souviens mieux que moi. Ce *palazzo*, en particulier, avec ces touristes qui se déplaçaient lentement de pièce en pièce. Des tableaux, immenses. Les murs, les plafonds. Cet endroit en particulier."

Elle regardait Martin. Il n'avait rien d'un homme-enfant qu'on aurait envie de câliner. Pour elle, il était un esprit cherchant à s'échapper de la prison de ce long corps flasque pourvu de mains agitées, qui semblaient à peine attachées à ses bras. Elle se sentit coupable de lui avoir demandé de s'asseoir sur une chaise de cuisine même pas rembourrée.

"J'ai fait une tentative d'infiltration dans une visite guidée mais Max m'en a empêchée. La seule idée d'un guide l'horripilait, dit-elle. Les tableaux, le mobilier, les statues dans les longues galeries. Des plafonds voûtés aux peintures magnifiques. Totalement, absolument incroyables."

Elle avait les yeux perdus dans le vide maintenant.

"Quel *palazzo* ? demanda-t-elle à Max. Tu t'en souviens. Moi non."

Max, sirotant son bourbon, acquiesça légèrement de la tête.

Des touristes, dans une galerie, munis de casques audio, immobiles, toute vie suspendue, les yeux levés vers les figures peintes sur les plafonds, des anges, des saints, Jésus avec ses vêtements, ses atours.

Elle parlait avec enthousiasme, la tête rejetée en arrière, guide éphémère.

"Il y a combien d'années ? Max."

Il se borna à hocher la tête.

Martin dit : "Ses atours. J'essaie de m'imaginer un vêtement chiffonné incrusté dans le mot."

"Et d'autres avec des audioguides à la main, plaqués contre les oreilles. Des voix dans combien de langues différentes. J'y pense encore même aujourd'hui, avant de dormir, à ces silhouettes immobiles dans les longues galeries.

— Les yeux au plafond, poursuivit Martin.

— Max, c'était quand exactement ? Les années se fondent les unes dans les autres. Je vieillis à chaque minute qui passe."

Max dit : *"Cette équipe est prête à sortir de l'ombre et à se saisir du moment."*

Il semblait ausculter l'écran noir.

Le jeune homme regarda la femme, l'épouse, l'ex-enseignante, l'amie, qui ne trouvait rien, nulle part, à regarder.

Max dit : *"Pendant cette séquence fulgurante, les attaquants ont pilonné, pilonné, pilonné."*

Elle répugnait à l'interrompre en disant quelque chose, n'importe quoi, si bien qu'elle finit par jeter un coup d'œil à Martin pour la simple raison qu'il semblait essentiel d'échanger un regard perplexe avec quelqu'un, n'importe qui.

Max : *"Plaquage évité, c'est l'échappée… interception !"*

Une nouvelle lampée de bourbon s'imposait, alors il se tut et but. Il maniait cette langue avec assurance, pensa-t-elle, une retransmission depuis les tréfonds de son inconscient, des décennies entières d'échanges indigènes brouillés par la nature même du jeu : des hommes qui se tapent dessus, des hommes qui s'écrabouillent jusqu'à incorporer l'adversaire au gazon.

"Jeu au sol, jeu au sol, chant des supporters, stade en délire."

Demi-phrases, mots bruts, répétitions. Diane aurait voulu voir là une sorte de plain-chant, monophonique, ritualiste, avant de se reprocher sa ridicule prétention.

Max, d'une voix venue des tréfonds de la gorge, la voix de la foule.

"En dé-fense. En dé-fense. En dé-fense."

Il se leva, s'étira, se rassit, but.

"Le numéro soixante-dix-sept, Machinchose, complètement paumé, le gars, on dirait. Penalty pour avoir craché à la face de l'adversaire."

Il dit : *"Ces équipes se valent à peu près. Dégagement depuis le milieu de terrain. Ce match met le feu."*

Diane commençait à être impressionnée.

Il dit : *"Le coach de l'attaque. Murphy, Murray, Mumphrey, en train de concocter quelque chose de nouveau."*

Il poursuivit, mais sur un autre ton, calme désormais, mesuré, persuasif.

"Sans fil, à votre convenance. Apaise et hydrate. Deux fois plus pour un prix dérisoire. Réduit le risque de maladies cardiovasculaires."

Puis, fredonnant : *"Oui, oui, oui, vous pouvez compter sur lui lui lui."*

Diane était sidérée. Est-ce que c'est le bourbon qui lui donne cette intonation, ce sabir footballistique mâtiné de jargon publicitaire. Ça n'était jamais arrivé avant, ni avec du bourbon, ni avec du whisky, ni avec de la bière, ni avec de la marijuana.

La scène l'amusait, du moins le croyait-elle, elle voulait voir combien de temps encore il allait garder le micro.

Ou est-ce l'écran noir, une pulsion négative qui a suscité son imagination, la sensation que le match est en train de se jouer quelque part dans l'Espace Lointain et se dérobe à la faible portée de nos connaissances actuelles, dans quelque distorsion transrationnelle propre à la temporalité de Martin, pas à la nôtre.

D'une voix aiguë, Max lança : *"Quelquefois j'aimerais être humain, un homme, une femme, un enfant, pour pouvoir goûter à ce savoureux jus de pruneau."*

Puis : *"Financement posthume perpétuel. Souscrivez votre contrat personnalisé en quelques clics."*

Et : *"Reprise du jeu. Deuxième quart-temps, mains, pieds, genoux, tête, poitrine, entrejambe, frapper et être frappé. Cinquante-sixième Super Bowl. Notre Pulsion de Mort nationale."*

Diane murmura à Martin qu'il n'y avait aucune raison pour qu'ils se privent de conversation. Max avait son match et ne risquait pas d'en être distrait.

Le jeune homme dit doucement : "Je prends un médicament.

— Oui.

— Par voie orale.

— Oui. On fait tous ça. Un petit comprimé blanc.

— Il y a des effets secondaires.

— Une petite pastille ou un cachet. Blanc, rose, n'importe.

— Constipation. Diarrhée.

— Oui, chuchota-t-elle.

— Ou la sensation que les autres peuvent lire dans vos pensées ou contrôler votre comportement.

— Je ne crois pas avoir entendu parler de ça.

— Peur irrationnelle. Défiance vis-à-vis d'autrui. Je peux te montrer la notice, dit-il. Je l'ai toujours sur moi."

Max avait recommencé à se gratter l'avant-bras, plus avec les doigts mais avec les articulations.

Il dit : *"Coup de pied à trois points depuis les abords du milieu de terrain – feinte, feinte, feinte !"*

L'écran. Diane ne cessait de se tordre le cou pour s'assurer qu'il était noir. Elle ne comprenait pas pourquoi ça la rassurait.

"Descendons sur le terrain, disait Max. *Esther, racontez-nous ce qui est en train de se passer."*

Il avait redressé la tête et, micro fictif en main, parlait en direction d'une caméra située largement au-dessus du terrain, d'une voix qui avait grimpé dans un registre plus aigu.

"Vue de la ligne de touche, cette équipe transpire la confiance malgré les blessures en cascade.

— Les blessures en cascade.

— Tout à fait, Lester. J'ai parlé avec le coordinateur, attaque, défense, tout ce qu'on veut. Il est heureux comme un cochon dans sa merde.

— Merci, Esther. Et maintenant revenons à l'action."

Diane se rendit compte alors que Martin était en train de parler, mais pas forcément à elle.

"Je regarde dans le miroir, et je ne sais pas qui je regarde, disait-il. On dirait que le visage qui me regarde n'est pas le mien. Et pourquoi devrait-il l'être, d'ailleurs ? Est-ce que le miroir est une surface réfléchissante sincère ? Et est-ce que c'est le visage que les autres voient ? Ou s'agit-il de quelque chose ou de quelqu'un que j'invente ? Est-ce que c'est le médicament que je prends qui libère ce second moi ? Je regarde ce visage avec intérêt. Avec intérêt et un certain désarroi. Est-ce qu'il arrive à d'autres gens de faire ce genre d'expérience ? Nos visages. Et que voient les gens qui marchent dans les rues quand ils se regardent ? Est-ce la même chose que ce que je vois moi ? Toutes nos existences, tous ces regards. Ces gens qui regardent. Mais qui voient quoi ?"

Max en avait fini avec ses communiqués. Il regardait Martin. Ils le regardaient tous les deux, le mari et la femme. Le jeune homme regardait quelque part à mi-distance, avec attention, mesure, et il continuait à parler.

“Une échappatoire possible, c’est le cinéma. C’est ce que je dis à mes étudiants. Ils sont assis et ils écoutent. Des films dans des langues étrangères en noir et blanc. Des films dans des langues méconnues. Une langue morte, une sous-famille, un dialecte, une langue artificielle. Ne lisez pas les sous-titres. C’est ce que je leur dis d’emblée. Évitez de lire en bas de l’écran la traduction écrite des dialogues parlés. Ce qu’il nous faut c’est le film pur, le pur langage. De l’indo-iranien. Du sino-tibétain. Des gens qui parlent. Ils marchent, parlent, mangent, boivent. Le pouvoir saisissant du noir et blanc. L’image, le double forgé par l’optique. Mes étudiants sont assis et ils écoutent. Des jeunes hommes et des jeunes femmes intelligents. Mais on dirait qu’ils ne me regardent jamais.

— Ils écoutent, intervint Diane, et c’est ça qui compte.”

Dans la cuisine, Max disposait de quoi manger sur des assiettes. Elle avait envie d’aller se promener, seule. Ou bien que Max aille se promener et que Martin retourne chez lui. Où sont passés les autres, Tessa, Jim, et tous les autres, voyageurs, vagabonds, pèlerins, ceux qui sont dans leurs maisons, leurs appartements, leurs baraquements ? Où sont passés les voitures et les camions, le bruit de la circulation ? *Super Sunday.* Est-ce que tout le monde est chez soi ou dans l’obscurité de bars, de clubs, à essayer de voir le match ? Imaginez les millions d'écrans noirs. Essayez d'imaginer les téléphones hors service.

Qu'arrive-t-il aux gens qui vivent dans leur téléphone ?

Max était revenu à son bourbon. Diane prit conscience que le jeune homme était à présent debout, il avait quitté son habituelle position avachie, tête rejetée en arrière et regard en l'air.

Elle réfléchit un moment.

"Les plafonds peints. Rome, dit-elle. Les touristes les yeux levés.

— Debout, sans un mouvement.

— Des saints et des anges. Jésus de Nazareth.

— La figure lumineuse. Le Nazaréen. Einstein", dit-il.

5

Disparition des systèmes au cœur de la vie courante.

Au rez-de-chaussée, la clinique se présentait comme un déploiement de couloirs et de pièces et Jim et Tessa passèrent devant des portes, des panneaux de sortie, des lumières rouges qui clignotaient, des affichettes d'information rédigées à la main. Des membres du personnel les dépassaient à la hâte, en vêtements de ville sous leurs blouses battantes.

D'autres passagers du van pénétraient dans des chambres, faisaient la queue ou discutaient. Quelques-uns étaient restés dans le véhicule, destination inconnue.

Une femme ratatinée sur un tabouret se tenait dans un espace exigu, une sorte de cagibi.

“L'administratrice, dit Tessa. La fonctionnaire.”

Ils rejoignirent une longue file de gens qui attendaient de voir la femme. L'éclairage du hall continuait à faiblir.

Au bout d'un moment Jim dit : “Qu'est-ce qu'on fabrique ici ?

— Tu es blessé.

— Blessé. À la tête. J'avais oublié.

— Tu avais oublié. Laisse-moi regarder, dit Tessa. Une entaille. Pas belle à voir. Quand on a atterri en catastrophe et qu'on a détaché nos ceintures et qu'on s'est précipités dehors pour se sortir de là, j'ai vu que tu saignais.

— Ma tête a cogné contre le hublot.

— On va être patients et faire la queue et puis on verra ce que la préposée sur tabouret a à nous dire.

— Mais d'abord.

— Mais d'abord", dit-elle.

Ils quittèrent la queue et finirent par découvrir des toilettes libres. Dans cet espace étriqué, il l'installa contre un mur nu, elle ouvrit son manteau, lui défit sa ceinture, fit glisser son pantalon et son caleçon, lui demanda si sa tête lui faisait mal, ce à quoi il répondit en la déshabillant avec lenteur et délicatesse, et ils commentèrent ce qu'ils étaient en train de faire, le comment, le où, et le quand, émettant des suggestions, des conseils, et se retenant de rire, pendant que son corps descendait le long du mur et qu'il verrouillait les genoux pour maintenir la distance et le rythme.

Quelqu'un frappa à la porte avant de lancer : *Un peu de respect tout de même*. Puis une autre voix se fit entendre, avec un accent. Tessa débita dans un murmure une liste de nationalités tandis qu'ils parachevaient l'acte avant de s'essuyer sommairement l'un l'autre avec les mouchoirs en papier dispensés par le distributeur près du miroir.

Ils finirent de s'habiller et se regardèrent longuement. Ce regard contenait la journée, leur survie et la profondeur de leur lien. L'état des choses, le monde extérieur appelleraient un autre genre de regard le moment venu.

Ils sortirent et parcoururent le couloir en sens inverse. La queue était beaucoup moins longue à présent et ils décidèrent de prendre leur tour et d'attendre.

"Je pense qu'on pourrait aller chez eux à pied si c'est le seul moyen.

— Ce sont nos amis. Ils nous nourriront.

— Ils écouteront notre histoire.

— Ils nous raconteront ce qu'ils savent.

— Le Super Bowl. Ça se passe où ?

— Quelque part en milieu tempéré, sur un terrain partagé entre soleil et ombre, dit-il. Devant des milliers de supporters."

La femme du cagibi leva les yeux vers eux, encore un lot de visages et de corps, toute la journée, des gens debout, en train de parler, d'écouter, d'attendre les instructions pour savoir où aller, qui voir, par quel couloir, quelle porte, et elle hocha la tête comme si elle savait d'avance qui ils étaient et ce qu'ils voulaient.

On l'aurait dite fixée à son tabouret par de la colle.

"Notre avion, un atterrissage forcé, dit Tessa. Il a été blessé."

Jim, en surplomb au-dessus de la femme, se pencha vers elle pour lui montrer sa blessure, avec l'impression d'être un élève qui s'est fait mal pendant la récréation.

“La réalité physique du corps humain n'est pas de mon ressort. Personnellement je ne regarde pas je ne touche pas. Je vais vous envoyer dans une salle d'examen où une personne compétente soit vous prendra directement en charge soit vous dirigera vers quelqu'un d'autre, déclara-t-elle. Chaque personne que j'ai vue aujourd'hui avait son histoire. Vous deux, c'est l'atterrissage forcé. Pour d'autres, c'est le métro abandonné, les ascenseurs bloqués, et ensuite les immeubles de bureaux vides et les devantures de magasins barricadées. Je leur explique que nous sommes là pour les personnes blessées. Je ne suis pas là pour dispenser des conseils sur la situation en cours. C'est *quoi* la situation en cours ?”

Elle pointa l'écran noir inséré dans le dispositif technique au mur en face d'elle. C'était une femme entre deux âges qui portait des bottes montantes, un jean en grosse toile, un épais chandail et des bagues à trois de ses doigts.

“Je vais vous dire. On ne sait pas ce qui se passe, mais ce qui est sûr c'est que ça a dézingué notre technologie. Rien que le mot me semble obsolète, perdu dans l'espace. Qu'est-ce qui est arrivé au transfert de responsabilité, à nos machines sécurisées, à nos capacités de cryptage, nos tweets, trolls et bots. Est-ce que tout, dans la datasphère, est sujet au détournement et au pillage ? On n'a plus qu'à rester assis là à pleurer sur notre sort ?"

Jim était toujours incliné, exhibant sa blessure. La femme se pencha en avant et tordit le cou pour le regarder.

Elle dit : "Vous vous demandez pourquoi je vous dis ça ? Parce que votre avion s'est crashé, plus ou moins, et que vous êtes impatients de savoir ce qui se passe. Et aussi parce que je redeviens une gamine bavarde dès que les circonstances s'y prêtent.

— On est là pour écouter", dit Tessa.

Les plafonniers clignotèrent et la lumière faiblit avant de s'éteindre tout à fait. Le silence se fit sur-le-champ dans toute la clinique. Tout le monde dans l'attente. Une attente mêlée d'effroi parce que ce n'était pas encore bien clair : ce que tout cela signifiait, et cette aberration au sein de ce qui constituait déjà un changement de situation drastique ; était-ce radical, permanent, à quel point.

La femme fut la première à ouvrir la bouche, pour, dans un murmure, leur dire où elle était née et avait grandi, le nom de ses parents et grands-parents, de ses frères et sœurs, d'écoles, de cliniques ou d'hôpitaux qu'elle avait fréquentés, d'une voix qui dénotait un calme naturel teinté d'hystérie.

Ils attendirent.

La femme reprit : premier mariage, premier téléphone portable, divorce, voyage, petit copain français, émeutes de rue.

Ils attendirent encore un peu.

“Zéro e-mail, dit-elle en se penchant en arrière, paumes levées. À la limite de l’impensable. Qu’est-ce qu’on fait ? Qui est-ce qu’on accuse ?”

Des gestes à peine perceptibles.

“Sans e-mails. Imaginez un peu. Dites-le. Écoutez comment ça sonne : Sans e-mails.”

Elle hochait légèrement la tête à chaque syllabe prononcée. Quelqu’un apparut sur le seuil, balaya chacun d’eux du rayon de sa torche, une fois, deux fois, avant de s’éclipser sans un mot.

Après une brève interruption, la femme se remit à murmurer dans le noir, avec plus d’intensité cette fois.

“Plus on est perfectionné et plus on est vulnérable. Nos systèmes de surveillance, de reconnaissance faciale, notre résolution d’images. Comment savoir qui on est ? Ce qu’on sait, c’est qu’il commence à faire froid ici. Qu’est-ce qui se passera quand il faudra partir ? Plus d’éclairage, plus de chauffage. Rentrer chez moi, étant donné l’endroit où je vis, au-dessus d’un restaurant, Vérité & Beauté, c’est son nom, si ni le métro ni les bus ne fonctionnent, s’il n’y a plus de taxis, si l’ascenseur de l’immeuble est bloqué, et si, et si, et si. J’adore mon petit box mais je ne veux pas mourir dedans.”

Elle se tut un moment. Lorsque la lumière revint, faiblement, Jim s’était redressé et arborait un visage sans expression. Un grand androïde blanc.

La femme parlait maintenant d'une voix normale.

"Bien. Au vu de la blessure, je peux vous dire sans hésitation qu'il faut que vous preniez le couloir, troisième porte à gauche."

Elle indiqua du doigt la direction puis, ayant enfilé une paire de gants de laine, réitéra le geste avec autorité.

"Et quand vous en aurez fini ici, qu'est-ce que vous allez faire ?

— On ira chez des amis, dit Tessa. Comme prévu.

— Et vous faites comment pour y aller ?

— À pied.

— Et ensuite ? demanda la femme.

— Et ensuite ?" dit Jim.

Tous deux attendirent que Tessa intervienne dans la résolution de ce dilemme rudimentaire mais elle se contenta de hausser les épaules.

Dans une salle donnant sur le couloir, un jeune homme vêtu d'une blouse trop grande et coiffé d'une casquette de base-ball se dressa sur la pointe des pieds pour appliquer un traitement sur la blessure de Jim avant de protéger le tout d'un pansement bien ajusté. Jim entreprit de lui serrer la main puis se ravisa et ils quittèrent les lieux.

Une fois dans la rue, ils évoquèrent la femme qu'ils avaient vue en train de faire son jogging depuis le van. Il y aurait eu quelque chose d'encourageant à retomber sur elle. Un vent furieux soufflait et ils hâtaient le pas, tête baissée. La seule personne en vue était un homme clopinant qui poussait un chariot déglingué contenant probablement tout ce qu'il possédait. Il fit halte pour leur adresser un signe de la main puis s'éloigna du chariot et fit quelques grandes enjambées, le corps penché en avant, pour imiter leurs mouvements. Ils lui rendirent son salut et poursuivirent leur route. Sur un grand carrefour, l'agent de circulation numérique était à l'arrêt, son bras de levier en position légèrement verticale.

Ils n'avaient plus qu'à continuer à marcher.

6

Compter à rebours de sept en sept dans un avenir qui prend forme trop tôt.

Il y avait six bougies placées en différents endroits du salon et Diane venait d'allumer la dernière.

Elle dit : "Est-ce qu'on est dans une situation où on doit réfléchir à ce qu'on va dire avant de parler ?

— La pénombre. C'est quelque part dans la conscience collective, dit Martin. Le temps d'arrêt, l'impression de déjà-vu. Une espèce de panne naturelle ou d'intrusion étrangère. Un sens du qui-vive hérité de nos grands-parents, arrière-grands-parents ou bien au-delà. De gens aux prises avec une menace sévère.

— C'est ce qu'on est ?

— Je parle trop, dit-il. Je mouline de la théorie et de la conjecture."

Le jeune homme se tenait devant la fenêtre et Diane se demanda s'il projetait de rentrer chez lui dans le Bronx. Elle songea qu'il lui faudrait faire tout le trajet à pied, traverser East Harlem jusqu'à l'un des ponts. Est-ce que les piétons avaient le droit de les emprunter ou étaient-ils uniquement réservés aux voitures et aux autobus ? Est-ce que quelque chose fonctionnait encore normalement là-bas ?

Elle s'adoucit à cette idée et se dit qu'elle pourrait peut-être lui proposer de rester dormir. Le canapé, une couverture, rien de bien compliqué.

Cuisinière morte, réfrigérateur mort. La température qui commence à baisser entre les murs. Max Stenner était sur son siège, les yeux sur l'écran noir. On aurait dit que c'était à son tour de parler. Elle le sentit, fit un signe de tête et attendit.

Il dit : "Mangeons quelque chose, maintenant. Sinon tout sera trop dur, trop mou, trop chaud, trop froid, que sais-je."

L'idée les traversa. Mais personne ne fit un mouvement en direction de la cuisine.

Puis Martin dit : "Football."

Comme pour rappeler la manière dont cette longue après-midi avait commencé. Puis, dans un geste étrange pour quelqu'un de son genre, il adopta, au ralenti, la posture du joueur qui lance le ballon, corps en position, bras gauche en avant, pour assurer l'équilibre, bras droit en arrière, ballon en main.

D'un côté Martin Dekker et là-bas, à l'autre bout de la pièce, Diane Lucas, décontenancée par cette apparition.

Il avait l'air perdu dans la posture mais finit par reprendre sa contenance naturelle. Max était retourné à son écran noir. Les pauses dans la conversation se muaient en silences et commençaient à donner l'impression d'une fausse normalité. Diane présumait que son mari allait se resservir un whisky mais ça ne l'intéressait pas, pour le moment en tout cas. Tout ce qui était simple et affirmatif, où tout cela était-il passé ?

Martin demanda : "Est-ce qu'on vit dans une réalité improvisée ? Est-ce que j'ai déjà parlé de ça ? D'un futur qui n'est pas censé se matérialiser encore tout de suite ?

— Une centrale électrique est tombée en panne. Voilà tout, dit-elle. Considérons la situation dans ces termes. Une installation quelque part sur l'Hudson River.

— Une intelligence artificielle qui trahit ce que nous sommes et la manière dont nous vivons et pensons.

— Retour de la lumière, retour du chauffage, retour de notre intelligence collective à l'endroit où elle se trouvait, plus ou moins, dans un jour ou deux.

— Le futur artificiel. L'interface neuronale."

Ils semblaient résolus à ne pas se regarder.

Sans s'adresser à personne en particulier, Martin aborda le sujet de ses étudiants. Venus des quatre coins du monde, accents variés, tous intelligents, triés sur le volet avant d'être admis à son cours, attentifs au moindre propos sortant de sa bouche, prêts à s'acquitter de toutes les tâches qu'il pouvait leur confier et ouverts à toute proposition de sa part débordant le cadre de la physique. Il en avait débité des mots devant eux. Thaumatologie, ontologie, eschatologie, épistémologie. Sans pouvoir s'arrêter. Métaphysique, phénoménologie, transcendantalisme. Une pause pour réfléchir et il recommençait. Téléologie, étiologie, ontogenèse, phylogenèse. Eux regardaient, écoutaient, respiraient l'air vicié. C'est pour ça qu'ils étaient là, tous, élèves et professeur.

"Alors l'un des étudiants a raconté un rêve qu'il avait fait. C'était un rêve en forme de mots, pas d'images. Deux mots. Il s'était réveillé avec ces deux mots, les yeux dans le vide. *Ambuscade parapluïde*. Comme « parapluie » mais avec un suffixe. Et puis *Ambuscade*. Il avait dû aller vérifier le mot. Comment était-il possible qu'il eût rêvé d'un mot qu'il n'avait jamais rencontré ? Embuscade, oui. Mais le vrai mystère c'était ce parapluie suffixé. Et l'association des deux termes. *Ambuscade parapluïde*."

Il se tut un instant.

"Et tout ça dans le Bronx, finit-il par dire, faisant naître un sourire chez Diane. J'étais là, en train d'écouter ces jeunes gens discuter de la question, les étudiants, mes étudiants, et moi-même je me demandais que faire de ce terme. Dix types avec des parapluies ? Qui préparent une attaque ? Et l'étudiant, l'auteur du rêve, me regardait comme si j'étais responsable de ce qui s'était passé durant son sommeil. Comme si tout était ma faute. Le suffixe *-ïde*."

On frappa à la porte. Un petit bruit fatigué, les ascenseurs en panne, les gens obligés de gravir à pied huit étages. Diane était tout près mais elle marqua un arrêt avant de poser la main sur la poignée.

"J'espérais que c'était vous.

— C'est nous, ou ce qu'il en reste", dit Jim Kripps.

Ils ôtèrent leurs manteaux qu'ils jetèrent sur le canapé tandis que Diane, désignant Martin, faisait les présentations, il y eut des poignées de mains et des ébauches d'accolades, Max debout, levant un poing fermé en guise de salut. En apercevant le pansement sur le front de Jim, il mima quelques mouvements de boxe.

Quand tout le monde se fut trouvé un siège, les nouveaux venus racontèrent le vol, les événements qui avaient suivi et le spectacle qu'offraient les rues du centre-ville, tout ce quadrillage urbain, complètement vidées.

"Dans le noir.

— Pas de lampadaires, pas d'éclairage dans les magasins, ni dans les tours, les gratte-ciel, les fenêtres, nulle part.

— Le noir complet.

— Un quartier de lune quelque part dans le ciel.

— Et vous revenez de Rome.

— De Paris", dit Tessa.

Diane la trouvait belle, avec ses origines métissées et sa poésie sibylline, intimiste, splendide.

Le couple vivait dans l'Upper West Side, ce qui aurait impliqué de traverser Central Park dans la plus totale obscurité avant d'effectuer un trajet encore plus long jusque chez eux.

Au bout d'un moment, la conversation devint difficile, voilée d'inquiétude. Jim parlait le regard fixé entre ses pieds et Diane agitait les bras comme pour évoquer des événements se déroulant quelque part hors d'atteinte de leur misérable entendement.

"À table. Il est temps de manger un peu, dit-elle. Mais d'abord je serais curieuse de savoir ce qu'on vous a servi dans l'avion. Oui, je sais, je parle, je parle. Sauf que quand je pose cette question aux gens, ils ne se rappellent jamais rien. Mais si tu les interroges sur le menu de leur dernier repas au restaurant, même à une semaine de distance, ils sont capables de te répondre. Pas de problème. Le nom du restaurant, le nom du plat de résistance, le type de vin et son pays d'origine. Mais les repas à bord. Première, classe affaires, classe éco, c'est sans importance. Les gens n'ont aucun souvenir de ce qu'ils ont mangé.

— Des tortellinis épinards-fromage", déclara Tessa.

Chacun resta silencieux un moment.

Puis Diane dit : "Passons à notre menu. Ici et maintenant. Menu foot."

Martin l'accompagna à la cuisine. Les autres attendirent en silence à la lueur des bougies. Bientôt Tessa se mit à compter à rebours de sept en sept, en partant de deux cent trois jusqu'à zéro, impassible, changeant de langue en cours de route, et quand elle eut fini les plats que Max avait préparés plus tôt firent leur apparition, et ces cinq personnes se retrouvèrent toutes assises, à manger. Une chaise de cuisine, un fauteuil à bascule, un fauteuil, une chaise de salle à manger, une chaise pliante. Aucun des convives ne se proposa de rentrer chez lui après le repas même quand Tessa et Jim débarrassèrent le canapé de leurs manteaux pour les enfiler, juste pour se réchauffer. Martin gardait les yeux fermés tout en mâchant.

Malgré leur proximité, chacun restait-il une énigme pour les autres, chaque individu si naturellement replié en lui-même qu'il se dérobait à toute détermination définitive, à toute évaluation figée de la part des autres dans la pièce ?

Max fixa l'écran tout le temps du repas et quand il eut terminé, posa son assiette par terre et continua à le fixer. Il saisit la bouteille de bourbon ainsi que le verre restés sur le sol et se servit. Il reposa la bouteille par terre et enserra le verre de ses deux mains.

Puis il fixa l'écran noir.

SECONDE PARTIE

Il est clair à présent que les codes de lancement sont en train d'être manipulés à distance par des groupes ou des agences inconnus. Toutes les armes nucléaires, dans le monde entier, sont devenues inutilisables. On n'envoie plus de missiles par-dessus les océans, on ne lâche plus de bombes depuis des avions supersoniques.

Et pourtant la guerre se déroule et les termes s'accumulent.

Cyberattaques, intrusions numériques, agressions biologiques. Anthrax, variole, agents pathogènes. Des morts et des infirmes. La famine, la peste, et quoi encore ?

L'effondrement du réseau électrique. Nos perceptions individuelles sombrant dans la domination quantique.

Le niveau des océans est-il en train de monter à toute allure ? L'air de se réchauffer à chaque heure qui passe, chaque minute ?

Les gens revivent-ils les souvenirs de conflits antérieurs, de la propagation du terrorisme, des vidéos tremblées montrant une silhouette qui s'approche d'une ambassade, une ceinture explosive sanglée sur la poitrine ? Prier et mourir. Une guerre qu'on voit et qu'on ressent.

Un lambeau de nostalgie s'attache-t-il à ces souvenirs ?

Les gens commencent à réapparaître dans les rues, avec précaution d'abord, puis avec un sentiment de libération, les voici qui marchent, regardent, s'interrogent, des hommes, des femmes, un groupe d'adolescents ici et là, tous s'escortant les uns les autres à travers l'insomnie collective de ce moment inconcevable.

Et n'est-il pas étrange que certains aient apparemment accepté le *shutdown*, l'extinction ? Est-ce une chose qu'ils attendent depuis toujours, de manière subliminale, subatomique ? Quelques-uns, il y en a toujours quelques-uns, une minuscule proportion des habitants de la planète Terre, troisième planète la plus proche du Soleil, le royaume de l'existence mortelle.

"Personne ne veut l'appeler Troisième Guerre mondiale mais c'est bien de ça qu'il s'agit", déclare Martin.

Apparemment tous les écrans sont devenus noirs, partout. Que nous reste-t-il à voir, à entendre, à ressentir ? Un petit nombre de gens choisis dispose-t-il d'une espèce de téléphone implanté dans le corps ? Grave question, dit le jeune homme. En guise de protection contre le silence planétaire qui appose son sceau sur nos heures, nos minutes et secondes ? Les gens en question, qui sont-ils ? Comment ont-ils accès aux appels sous-cutanés ? Y a-t-il un code corporel, un genre de pulsation cardiaque secondaire transmettant localement une alerte ?

Il est minuit largement passé et il parle toujours, et Diane l'écoute, et les amis sont toujours là, Jim Kripps et Tessa Berens, et Max est toujours avachi sur sa chaise.

Énergie noire, vagues spectrales, piratage et contre-piratage.

Logiciel de surveillance de masse qui prend ses propres décisions, et auquel il arrive de passer outre ces dernières.

Données de suivi par satellite.

Cibles dans l'espace qui restent dans l'espace.

Tous dans le salon, tous en manteau, dont trois qui, en plus, ont enfilé des gants et quatre qui donnent l'impression d'écouter Martin, le seul à être debout et qui parle avec de grands gestes.

Cette façon dont le temps semble avoir fait un bond en avant. S'est-il passé, à minuit, quelque chose qui amplifie le dérèglement ? Et cette façon qu'a la voix de Martin de se modifier peu à peu.

Les armes biologiques et les pays qui les possèdent.

Il débite une longue liste qu'interrompt une quinte de toux. Les autres détournent les yeux. Lui s'essuie la bouche du revers de la main, inspecte la main en question et revient à son discours.

Certains pays. Jadis partisans forcenés de l'arme nucléaire, qui utilisent désormais le langage de l'armement vivant.

Microbes, gènes, spores, poudres.

Diane comprend maintenant qu'il a pris un accent. Pas seulement une voix qui s'exprimerait d'une manière qui n'est pas la sienne mais une voix censée appartenir à un individu en particulier. Ce qu'on entend, c'est Albert Einstein s'exprimant en anglais, version Martin.

Elle n'est pas certaine que ce qu'il est en train de dire relève de la pure invention. Il y a quelque chose en lui, dans ce ton, cet accent qu'il adopte, qui donne l'impression qu'il a accès aux événements mondiaux, peu importe ce que ça veut dire, peu importe la manière dont il se débrouille pour que des informations classifiées lui parviennent. Il l'a dit lui-même, des gens avec des téléphones implantés dans le corps.

Elle est consciente que tout ça est ridicule. Elle sait aussi qu'il y a quelque chose, dans la nature intrinsèque de son ancien étudiant, qui rend possible ce genre de spéculations.

À nouveau elle parle, elle parle, mais seulement en son for intérieur cette fois.

Elle décide de ne rien dire aux autres à propos de cet accent qu'utilise Martin. Il parle plus bas, à présent, ses mains caressent les mots.

Structure de la vague, tenseur métrique, indice covariant.

Inviter Einstein dans la pièce pourrait s'avérer trop compliqué. Et elle ne sait pas si ces termes sont issus du *Manuscrit de 1912*, la bible de Martin, son *vade-mecum* stratégique, ou si ce sont de simples sons flottant dans l'air, la langue de la Troisième Guerre mondiale.

Il a l'air génial ou déséquilibré – Martin, pas Einstein – tandis qu'il énonce les noms des savants ayant assisté à cette conférence de 1927 à Bruxelles, vingt-huit hommes, une seule femme, Marie Curie, Mme Curie, un nom après l'autre, cependant qu'Einstein se désigne, par la voix de Martin, comme Albert Einstein-assis-au-premier-rang-au-milieu.

Et maintenant il passe de cet anglais d'emprunt à de l'allemand véritable. Diane s'efforce de suivre mais perd très vite pied. Ça n'a rien d'une parodie ni d'une auto-parodie. Tout se passe dans la tête de Martin, debout, seul devant le miroir, dans son appartement, sauf que ce n'est pas là-bas qu'il se trouve mais ici, à penser à haute voix, retiré en lui-même et secouant la tête.

Les parents d'Einstein s'appelaient Pauline et Hermann.

Elle l'a comprise, cette phrase si simple, mais elle renonce à en écouter davantage. Elle a envie qu'il en finisse et elle va le lui dire. Lui se tient bien droit, et s'exprime avec gravité, jouant son propre rôle, ou alors celui d'Einstein, et d'ailleurs quelle importance ?

Max se lève et s'étire. Max Stenner. Max. Il n'en faut pas plus pour réduire le jeune homme au silence.

"On est en train de nous transformer en zombies, dit Max. De nous décérébrer."

Il se dirige vers la porte d'entrée et lance à la cantonade :

"J'en ai ma dose de tout ça. De ce dimanche, à moins qu'on soit lundi ? Février, je sais même plus le combien. J'ai atteint ma date de péremption."

Nul ne sait ce qu'il veut dire par là.

Il remonte la fermeture de sa veste avant de s'éclipser et Diane l'imagine descendant l'escalier, marche après marche. Son esprit fonctionne au ralenti maintenant. Elle se sent presque obligée de s'asseoir à sa place, devant la télévision, dans l'attente que quelque chose vienne percuter l'écran.

Martin se remet un temps à parler, revenu à l'anglais, sans accent.

Course aux armements sur internet, signaux wifi, contre-surveillance.

"Piratages informatiques, dit-il. Cryptomonnaies."

Il a prononcé l'expression en fixant Diane droit dans les yeux.

Cryptomonnaies.

Elle construit le mot dans sa tête, sans trait d'union.

Ils se regardent à présent.

Elle dit : "Cryptomonnaies."

Elle n'a pas à lui demander ce que ça veut dire.

Il dit : "De l'argent incontrôlable. Rien de nouveau. Pas de norme étatique. L'anarchie financière.

— Et c'est pour quand ?

— Là, maintenant. C'est déjà en cours. Et ça va continuer.

— Cryptomonnaies.

— Là, maintenant.

— Crypto, dit-elle avant de s'arrêter, le regard fixé sur Martin. Monnaies."

Quelque part, au cœur de ces syllabes, quelque chose de secret, de caché, d'intime.

La voix de Tessa s'élève alors pour dire :

"Et si ?"

S'ensuit un long silence, un changement d'atmosphère. Ils attendent la suite.

"Et si tout ça était une espèce de songe vivant ?

— Qu'on a rendu plus ou moins réel, dit Jim.

— Et si nous n'étions pas ce que nous croyons être ? Et si le monde que nous connaissons était en train d'être complètement remanié pendant que nous sommes debout à regarder ou assis à discuter ?"

Elle lève une main dont elle laisse les doigts voleter de haut en bas dans un geste désignant le bavardage quotidien.

"Le temps a-t-il, comme le dit notre jeune ami, fait un bond en avant ou s'est-il effacé ? Les passants dans la rue vont-ils se muer en flashmobs incontrôlables et s'introduire par effraction, partout, sur toute la planète, rejetant le passé, toutes amarres larguées, les coutumes, les modèles ?"

Personne ne se dirige vers la fenêtre pour aller voir.

“Et qu’est-ce qui se passe ensuite ? dit Tessa. C’était dans les marges de notre perception depuis toujours. Panne d’électricité, technologie qui dérape, une chose puis une autre. On en a été témoins à plusieurs reprises, chez nous comme ailleurs, tempêtes, feux de forêt, évacuations, typhons, tornades, sécheresse, brouillard épais, air pestilentiel. Glissements de terrain, tsunamis, rivières qui disparaissent, maisons qui s’effondrent, bâtiments entiers qui s’écroulent, ciels saturés de pollution. Excusez-moi, je vais essayer de me taire. Tous ces souvenirs encore frais dans les mémoires, virus, épidémie, cette ribambelle de gens dans les terminaux des aéroports, les masques sur le visage, ces rues désertes dans les villes.”

Tessa remarque le silence qui accompagne ses moments de pause.

“De l’unique écran noir de cet appartement à la situation qui nous environne. Qu’est-ce qui se passe ? Qui nous inflige ça ? Est-ce qu’on a remastérisé nos cerveaux en numérique ? Est-ce qu’on est une expérience en train de tourner court, un programme mis en œuvre par des forces qui transcendent notre entendement ? Ce n’est pas la première fois que ces questions sont posées. Des savants ont dit et écrit des choses à ce propos, des physiciens, des philosophes.”

À la faveur d'un second silence, toutes les têtes se tournent vers Martin.

Il parle de satellites en orbite qui sont capables de voir absolument tout. La rue que nous habitons, le bâtiment dans lequel nous travaillons, les chaussettes que nous avons aux pieds. Une pluie d'astéroïdes. Le ciel en regorge. Ça pourrait se produire n'importe quand. Des astéroïdes qui se muent en météorites à l'approche d'une planète. Des exoplanètes entières pulvérisées.

Pourquoi pas nous. Pourquoi pas maintenant.

"La seule chose à faire c'est de prendre la mesure de la situation, dit-il. Quoi qu'il y ait dehors, nous sommes toujours des personnes, les fragments humains d'une civilisation."

Il laisse l'expression planer. Les fragments humains.

Tessa fait l'expérience d'un début de dissociation. Elle s'abîme dans le son de la voix du jeune homme. Elle se concentre sur elle-même. Elle se voit. Elle est différente de ces gens. Elle imagine qu'elle enlève ses vêtements, rien d'érotique, pour leur montrer qui elle est.

Concentre-toi. Reste présente. Ou *quid* d'un endroit proche, la chambre à coucher. Ils ont failli mourir, ils ont fait l'amour, ils ont besoin de dormir et elle regarde Jim en inclinant imperceptiblement la tête en direction du couloir.

Il demande à Diane, pour la chambre. Un long vol, une longue journée, un petit somme serait le bienvenu.

Elle les regarde s'éloigner dans le couloir. Dans le climat d'abdication de ces heures de sidération, elle n'est pas surprise. Dormir, oui, évidemment, tellement compréhensible après l'expérience qu'ils ont traversée. Elle tente de se rappeler si elle a fait le lit ce matin, fait le ménage dans la pièce. Max fait le ménage quelquefois ; puis il passe tout au peigne fin.

Il n'y a qu'une seule chambre, qu'un seul lit mais qu'ils en profitent, Jim Kripps et Tessa je-ne-sais-plus-comment. Ils retourneront chez eux à la première heure.

Martin a repris la parole.

“Les guerres par drones. Peu importe le pays d’origine. Les drones sont devenus autonomes.”

Il est en train de se rendre compte que Diane et lui sont maintenant seuls dans la pièce.

“Des drones au-dessus de nous, là, maintenant. Qui se lancent des alertes. Leur arme, une forme de l’isolat linguistique. Un langage qui n’est connu que des drones.”

Comment en est-on arrivé là, de cinq personnes à deux ? L’homme est resté debout et ils se regardent. La femme prend conscience qu’elle est toujours sous la coupe des cryptomonnaies.

Elle prononce le mot et attend qu’il réagisse.

“Cryptomonnaies, finit-il par articuler. Microplastiques. Le danger à tous les étages. Manger, boire, investir. Respirer, inhaler, envoyer de l’oxygène dans les poumons. Marcher, courir, rester debout. Et, à présent, dans les neiges les plus immaculées des étendues alpines, du désert arctique.

— Quoi ?

— Le plastique, les microplastiques. Dans notre air, notre eau, notre nourriture."

Elle avait espéré entendre quelque chose de libidinal, d'excitant. Elle comprend qu'il a autre chose à dire et le regarde, dans l'expectative.

Il dit : "Le Groenland est en train de disparaître."

Elle se lève et se met en face de lui.

Elle dit : "Martin Dekker. Tu sais ce dont nous avons envie, n'est-ce pas ?"

Ils pourraient se frayer un chemin vers la cuisine et elle pourrait se tenir le dos appuyé contre les deux barres verticales de la porte du réfrigérateur et ils pourraient le faire, vite, rien de mémorable, dans l'esprit du moment.

Il défait la boucle de sa ceinture et laisse glisser son pantalon. Le voici debout, sonné, dans son caleçon à carreaux, l'air plus grand que jamais. Elle lui demande de dire quelque chose en allemand et quand il s'exécute, une déclaration imposante proférée à toute allure, elle lui demande de traduire.

Il dit : "Le capitalisme est un système économique dans lequel les moyens de production et de distribution sont détenus par des personnes privées ou par des entreprises, et où le développement est proportionnel à l'accumulation et au réinvestissement des profits obtenus dans une économie de marché."

Avec un hochement de tête et un petit sourire, elle lui fait signe de remonter son pantalon et de boucler sa ceinture. Elle s'amuse à mimer le geste. Elle s'aperçoit qu'avoir un rapport sexuel avec son ex-étudiant pourrait lui procurer un crapuleux petit frisson mental dont son corps ne se fait absolument pas l'écho.

Elle s'attend à ce qu'il prenne la porte et répugne à l'imaginer tentant de rentrer dans les circonstances actuelles, quelles qu'elles soient. Mais il choisit de gagner la chaise la plus proche en trois longues enjambées et de s'y asseoir, le regard dans le vide.

Dans la chambre, Tessa pense à rentrer à la maison, à être à la maison, ce lieu, finalement, où ils deviennent invisibles l'un à l'autre, se croisent, disent *hein* quand l'autre ouvre la bouche, conscients, seulement, d'une forme familière qui fait du bruit pas loin.

Jim n'est pas loin à cet instant, près d'elle sur le lit, il dort, le corps parcouru d'un léger frémissement.

Il y a un poème auquel elle voudrait travailler, demain, après-demain, quand elle sera bien réveillée, installée à son bureau, à la maison, et dont le premier vers tressaille dans son esprit.

Dans un vide qui bascule.

Le vers, elle le verra quand elle fermera les yeux pour se concentrer. Elle verra les lettres se détacher sur un fond sombre et alors elle ouvrira lentement les yeux sur la première chose qui se présentera, de ces objets dominateurs d'à peine quelques centimètres de haut, un presse-papier, une photo, un taxi miniature.

Jim est réveillé à présent. Il prend tout son temps pour bâiller copieusement. Tessa dit quelque chose dans une langue qu'il ne reconnaît pas jusqu'à ce qu'il se rende compte que ce n'est qu'une contrefaçon, une langue morte, un dialecte, un idiolecte (peu importe ce que c'est) ou quelque chose d'autre, complètement.

"À la maison, finit-il par dire. C'est où ?"

Max est en train de se frayer un chemin à travers les rues bondées quand il se souvient à contrecœur de quelque chose que le jeune homme a dit et se demande si ce qu'il est en train de voir ici et maintenant ne serait pas une facette de l'esprit de Martin Dekker transposée en trois dimensions.

Est-ce que c'est comme ça aussi dans d'autres villes, ces gens déchaînés et nulle part où aller ? Des foules venues d'une ville canadienne sont-elles en train de déferler pour rejoindre d'autres foules ici ? L'Europe est-elle une seule et impossible foule ? Quelle heure est-il en Europe ? Les places sont-elles en train de grouiller de gens, par dizaines de milliers, tous venus d'Asie et d'Afrique et d'ailleurs ?

Des noms de pays ne cessent de défiler dans son esprit, des gens essaient de s'adresser à lui ou de se parler et lui pense à sa fille qui a deux enfants et un mari à Boston, et à l'autre fille, celle qui est en voyage quelque part et, durant un moment étrange, entre étouffement et claustrophobie, il oublie leurs prénoms.

Adossé à un mur, il regarde.

En d'autres temps, plus ou moins ordinaires, on voit sans cesse des gens les yeux rivés sur leur portable, matin, midi et soir, plantés au milieu du trottoir, oublieux de la foule qui se hâte autour d'eux, captivés, hypnotisés, dévorés par leur appareil, ou qui foncent sur lui avant de l'éviter au dernier moment, mais maintenant c'est fini pour eux, les accros du numérique, avec les téléphones coupés, et tout coupé, coupé, coupé.

Il se dit qu'il est temps de rentrer à la maison et qu'il lui faudra jouer des coudes dans la foule de ces gens recroquevillés contre le froid, mille visages à la minute, des gens qui se battent, balancent des coups de poing, une petite émeute ici ou là, des injures qui retentissent dans l'air. Il s'attarde encore quelques secondes, les épaules bandées en prévision de la suite, et décide que lorsqu'il sera arrivé à son immeuble il comptera les marches jusqu'à l'appartement. Il lui est déjà arrivé de le faire mais plus depuis des décennies et il commence à se demander à quoi ça rime.

Puis il pénètre dans le flot de la mêlée.

Chez eux – où, sinon ? –, Diane est en train de s'employer à réprimer une série de petits rots perçants.

Elle dit : "Quelque part au Chili."

La phrase semble signifier quelque chose mais quoi, elle ne s'en souvient pas. Elle regarde Martin puis les deux autres qui reviennent de la chambre à coucher. L'homme bâille et la femme, en socquettes, est presque complètement habillée. Diane grommelle quelques insanités, elle se trouve ridicule d'avoir cédé à l'esprit du moment en laissant la chambre à des invités obsédés par le sexe.

À moins qu'ils ne se soient juste reposés ? C'est ce qu'ils ont dit, c'est ce qu'elle a cru, au départ.

Martin dit : "Le Cerro-Pachón Ridge, au centre-nord du Chili.

— Qu'est-ce que c'est ? demande Jim.

— Le Grand Télescope d'Étude Synoptique."

Il se lance dans une explication quand Max entre en dézippant sa veste. Ils attendent qu'il dise quelque chose. Lui ôte sa veste et la laisse tomber par terre près de la télécommande, de sa bouteille de bourbon et de son verre vide. Il remplit le verre, l'avale et s'ébroue en réaction au choc roboratif du whisky sec.

Qu'est-ce qui se passe dans les rues ? Il y a quoi, dehors ? Il y a qui, là-bas ?

Il dit : "Mieux vaut ne pas savoir."

Puis, levant son verre : "Widow Jane, vieilli dix ans en fûts de chêne américain. Je vous l'ai déjà dit ?"

Il boit puis se penche en avant vers la gauche, les yeux sur les pieds de Tessa.

"Tes chaussures, qu'est-ce qu'elles sont devenues ?

— Elles se sont fait la malle sans moi", répond-elle.

Tout le monde se sent mieux, à présent.

Martin n'a pas fini. Il dit : “Les moments qui avancent, les moments qui s'écoulent. Les gens ont besoin de continuer à se dire qu'ils sont toujours vivants.”

Jim Kripps s'écoute respirer. Puis il touche le pansement sur son front, simple vérification, histoire de s'assurer qu'il est toujours là.

Il y en a deux qui dorment presque, Tessa et Max. Diane comprend qu'elle est là pour écouter son ex-étudiant comme lui l'a autrefois écoutée.

“Quand tout ça sera fini, il sera peut-être temps pour moi de souscrire à une mort libre. *Freitod**, dit-il. Est-ce que je pense ce que je dis ou est-ce que je suis simplement en train de faire le malin ? Et cette situation. Est-ce que je ne devrais pas être chez moi, seul, dans ma chambre ? N'est-ce pas ce que dictent les circonstances ? Pas un mot de quiconque, nulle part. C'est le moment de rester assis et de se tenir tranquille.”

* En allemand dans le texte.

Il a ce geste de toucher les bords de sa chaise pour confirmer qu'il est assis.

"Ou est-ce que je me donne un peu trop d'importance ?" dit-il, lentement, laissant la question s'étirer, ses mains se raidir et son regard, selon toute apparence, battre en retraite cependant qu'il entre dans cette sorte d'état comateux qu'elle lui a déjà connu et qui pour elle est d'ordre métaphysique.

"Toute ma vie j'ai attendu ça sans le savoir", dit-il.

Diane Lucas se décide à ouvrir la bouche sans avoir la moindre idée de ce qui va en sortir.

"On scrute l'espace. On perd la notion du temps. On va au lit. On sort du lit. Des mois, des années, des décennies passées à enseigner. Des étudiants disposés à écouter. Toutes ces origines différentes. Ces visages, sombres, clairs, entre-deux. Qu'est-il en train de se passer sur les places, à travers toute l'Europe, ces places où j'ai marché, regardé, écouté ? Quelle idiote je fais. La prof de fac qui a lâché trop tôt. La prétendue source d'inspiration pour ses étudiants, et l'un d'eux est assis à côté de moi, ici et maintenant. Ce film de fin du monde. Avec ces individus coincés dans une pièce. Mais nous ne sommes pas coincés. Nous pouvons nous en aller n'importe quand. J'essaie de me faire une idée de la formidable impression de confusion qui règne à l'extérieur. Mon mari ne veut pas décrire ce qu'il a vu mais je devine la pagaille dans les rues, et pourquoi suis-je si réticente à l'idée de me lever et d'aller tout simplement regarder par la fenêtre ? Mais est-ce que ça ne devait pas arriver ? N'est-ce pas ce que certains d'entre nous pensent ? Nous y allions, dans cette direction. Plus d'émerveillement, plus de curiosité. Un sens de l'orientation définitivement altéré. Trop de tout en provenance d'un code source trop limité. Et si je raconte tout ça est-ce que c'est parce qu'il est plus de minuit, que je n'ai pas dormi, que je n'ai presque rien mangé et que c'est à peine si les gens ici avec moi écoutent ce que je raconte ? Allez, dites-moi que j'ai tort, n'importe qui, sauf que bien sûr personne n'ouvre la bouche. Je veux reprendre l'enseignement, revenir dans la salle de cours et parler à mes étudiants des principes de la physique. La physique de ceci, la physique de cela. La physique du temps. Le temps absolu. La flèche du temps. Le temps et l'espace. Oui, je me tais bientôt, mais avant, je citerai une phrase perdue dans *Finnegans Wake*, ce livre que je lis par intermittence, ici ou là, depuis toujours j'ai l'impression. La phrase est restée bien à l'abri dans le coin de cerveau adéquat, "en conserve", l'expression irait bien. *Avant que le sacristain ferme la porte**. Une dernière chose à dire. À mon adresse, cette fois : "Ferme-la, Diane."

---

* James Joyce, *Finnegans Wake*, traduction de Philippe Lavergne, Folio, p. 561.

Jim Kripps se tient courbé très bas sur sa chaise, les yeux rivés au sol, ses longues mains pendantes, il s'adresse au tapis.

"Et donc on était là, sur nos sièges, à moitié endormis, à attendre une collation, avant l'atterrissage. C'est là que les choses ont commencé à mal tourner. L'avion tressautait dans tous les sens, et on entendait des bruits fracassants. Je ne crois pas qu'on était près de l'aéroport, de la piste d'atterrissage. Bam bam bam. J'ai regardé par le hublot mais je ne voyais rien, j'attendais que le pilote nous donne des nouvelles rassurantes. Tessa était assise à côté de moi, exactement comme elle l'est maintenant. Je ne crois pas que je l'ai regardée parce que je ne voulais pas voir l'expression de son visage. L'avion secouait affreusement. Et puis des voix sont sorties du haut-parleur, tout sauf rassurantes. C'est comme ça que ça commence, c'est ça qu'on ressent, comme tous ces milliers de passagers avant nous qui ont vécu l'expérience avant d'être réduits au silence à jamais. Est-ce que j'y ai pensé, à tous ces milliers de gens, ou est-ce que je suis en train de l'inventer maintenant en parlant comme ça ? On dirait que ça s'est passé il y a dix ans sauf que c'était aujourd'hui, plus ou moins, il y a quelques heures à peine, combien d'heures, le pilote qui parlait en français, nos ceintures de sécurité, la collation d'avant l'arrivée, elle était où, cette foutue collation ? Tessa parle français. Est-ce qu'elle a traduit pour moi ? Je ne crois pas et c'est probablement un service qu'elle m'a rendu. Pardon de dérailler comme ça, ensuite l'atterrissage forcé, cette espèce de bruit de fusée assourdissant, et alors le choc, comme la voix de Dieu en personne, pardon, ma tête contre le hublot, j'ai été projeté de côté contre le hublot, quelqu'un criait *Au feu !*, est-ce qu'une aile est en feu, et j'ai senti le sang me couler dans l'œil, j'ai attrapé la main de Tessa, elle est là, en train de dire quelque chose et quelqu'un de l'autre côté de l'allée s'étrangle en criant. *Non non non.* Enfin, pour vous la faire courte de chez courte, on a violemment touché terre, ricoché et dérapé pendant un moment et bien sûr je n'avais alors aucun moyen de relier cet événement avec l'effondrement total de tous les systèmes, j'avais la main posée sur le poignet de Tessa qui regardait le sang sur mon visage. C'est la première fois que j'ai l'occasion d'y penser, de me souvenir. Tout ce qu'il y a eu avant, le van, la clinique, la femme intarissable, le type à la casquette de base-ball qui m'a fait le pansement. Et après, la rue. Cette jeune femme qui faisait son jogging."

Max Stenner s'efforce de feindre l'ennui. Il est assis sur son siège, le fauteuil, les yeux quasi fermés.

“L'escalier. Le retour, après la foule dans les rues. Ici et maintenant. En comptant les marches. Je m'amusais à ça quand j'étais gosse. Dix-sept marches à compter. Mais quelquefois on aurait dit que leur nombre changeait. Est-ce que j'avais mal compté ? Est-ce que le monde se contractait ou est-ce qu'il se dilatait ? Ça fait un bail. Aujourd'hui les gens me disent qu'ils ont du mal à m'imaginer enfant. Est-ce que je portais ce prénom, Max ? Grandir dans une petite ville. Encore une chose qu'ils n'arrivent pas à imaginer. Avec une mère, un frère, une sœur. Pas de foules hostiles, pas de grands immeubles. Dix-sept pas. On était locataires, au premier étage d'une maison. Neuf pas pour longer le garage et huit marches pour arriver à notre appartement. Le gamin, il s'appelle Max. Et brusquement me voilà : un père, un homme que son travail conduit à l'intérieur de tours luxueuses pour inspecter des sous-sols, des cages d'escaliers, des toits, à la recherche d'infractions au code de la construction. J'adore ça, les infractions. Ça justifie mes sentiments vis-à-vis d'à peu près tout. Ici et maintenant, pendant ces heures décisives, je me suis frayé un chemin en jouant des coudes et pour regagner cette rue, cet immeuble, j'ai retrouvé mes clefs et j'ai déverrouillé la porte d'entrée sans avoir besoin de me remettre en mémoire, inutile de le dire, que les ascenseurs ne fonctionnaient pas, et puis j'ai entamé ma lente montée de l'escalier, les yeux fixés sur chaque marche que je gravissais, étage après étage, et je me suis rendu compte à un moment que j'avais la main sur la rampe, et j'ai décidé que je ne voulais pas de ça, et j'ai simplement continué à monter en comptant, marche après marche, étage après étage. J'aimerais pouvoir dire que je revivais ces années de jeunesse mais la vérité c'est que j'avais le cerveau à peu près vide. Tout n'était qu'étages et chiffres, deuxième, troisième, quatrième étage, toujours plus haut, et je me suis finalement retrouvé en train de pousser la porte du couloir et de sortir la clef de l'appartement qui était fourrée sous un mouchoir froissé et morveux que j'avais dans la poche, et maintenant que je suis là je ne pense pas avoir à m'excuser pour cette interminable description d'une ascension de huit étages parce que la situation actuelle nous apprend qu'il n'y a rien d'autre à dire à part ce qui nous traverse l'esprit et dont, de toute façon, aucun d'entre nous ne se souviendra."

Tessa Berens examine le dos de ses mains comme pour en vérifier la couleur, sa couleur, en se demandant pourquoi elle est ici et non pas ailleurs dans le monde, en train de parler français ou un genre de patois créole haïtien.

“Pendant des années, de nombreuses années, j'ai pris des notes dans un petit carnet. Des idées, des souvenirs, des mots, un petit carnet après l'autre, qui s'accumulent maintenant dans des placards, des tiroirs de bureau ou ailleurs, et quand je remets le nez dans de vieux carnets, je suis stupéfaite de lire ce que j'ai trouvé important de noter. Les mots me ramènent à un temps défunt. De petits carnets bleus, au format 8 × 10 à peu près, que je peux glisser dans la poche d'une veste, et j'en ai encore des dizaines, de vierges, à la maison, qui attendent d'être remplis. J'en emporte deux ou trois chaque fois que je pars en voyage, j'observe, j'écoute et je gribouille quelque chose sur une page. C'est mon journal. Qui n'a de valeur que pour moi. Ça peut être un vers de poème que je bifferai dans la seconde qui suit. Ou bien un article dans un rayon de supermarché, le design de l'emballage, le nom du produit, je sors le carnet, le stylo-bille, et ainsi de suite. Mais là, tout ce que je veux, c'est qu'on rentre à la maison. Jim et moi. S'il faut marcher, très bien, oui, de jour. Est-ce qu'il y aura du soleil ? Est-ce qu'il y aura même un soleil dans le ciel ? Qui sait ce que tout cela signifie ? Est-on en train de mettre notre expérience normale sur pause ? Est-on en train d'assister à un revirement de la nature elle-même ? Un genre de réalité virtuelle ? Ce qui m'amène à dire qu'il est temps de la boucler, Tessa. Et ce que je dis là, comprenez bien que ça n'a rien à voir avec une autocritique, c'est une simple question d'orgueil. J'écris, je réfléchis, dispense des conseils, scrute l'horizon. Est-il naturel, dans un moment pareil, de penser et de s'exprimer en termes philosophiques comme certains d'entre nous l'ont fait ? Ou est-ce qu'on devrait s'en tenir au pratique ? De la nourriture, un refuge, des amis, tirer la chasse d'eau si c'est possible ? Se concentrer sur les choses physiques les plus simples. Toucher, sentir, mordre, mâcher. Le corps n'en fait qu'à sa tête.

Martin Dekker debout, Martin Dekker assis. Il se lève une fois encore et prend la parole, le regard perdu dans le vide.

"Il est temps d'arrêter, non ? Mais je continue à voir ce nom. Einstein. La théorie de la relativité d'Einstein qui provoque des émeutes dans les rues, à moins que je n'imagine une chose pareille seulement parce qu'il est tard, que je n'ai pas dormi, que c'est à peine si j'ai mangé, et que les gens ici avec moi n'écoutent pas ce que je raconte. Einstein qui voit plus loin que notre situation actuelle, que j'ai qualifiée de Troisième Guerre mondiale. Einstein n'avait aucune prémonition quant à la manière dont cette guerre se déroulerait, en revanche, il a clairement précisé que le conflit de grande ampleur qui suivrait, la Quatrième Guerre mondiale, se ferait à coups de bâtons et de pierres. Et la *Théorie de la relativité restreinte*, datée de 1912, il y a cent dix ans de ça. Encre brune manuscrite sur papier sans filigrane puis la qualité du papier s'améliore et l'encre devient noire. Voilà ce que je me trimballe dans la tête, pour le meilleur, le moins bon ou le pire. Quoi d'autre ? Il faut que je me rase. C'est ça, quoi d'autre. J'ai besoin de regarder dans un miroir pour me rappeler qu'il est temps que je me rase. Mais si je quitte ce salon pour aller à la salle de bains, est-ce que je reviendrai ? Le visage dans le miroir. Surveillance granulaire. Techdome. Authentification à deux facteurs. Traçage de passerelles. C'est plus fort que moi. La terminologie m'encercle. J'essaie quelquefois de penser dans un contexte préhistorique. Une image sur une dalle, un dessin rupestre. Tous ces lambeaux grenus de notre longue mémoire humaine. Et puis Einstein. Le langage galvanisant. Allemand, anglais. « Interdépendance de la masse et de l'énergie. » Je voudrais traverser le campus de Princeton avec lui. En silence. Nous ne dirions rien. Deux hommes qui marchent."

Puis il dit : "Et les rues, ces rues. Je n'ai pas besoin d'aller à la fenêtre. Foules dispersées. Rues désertes."

Ce sont les paroles que prononce le jeune Martin, le regard tombant sur ses doigts écartés.

"Le monde est tout, l'individu rien. Est-ce que nous comprenons bien ça, tous ?"

Max n'écoute pas. Il ne comprend rien. Il est assis devant son poste de télévision, mains repliées derrière la nuque, coudes écartés.

Puis il fixe l'écran noir.

Derrière cette page,
un texte inédit
de Don DeLillo

Homme à sa fenêtre
1er avril 2021

Saison de baseball. Premier jour. Buts sur balles, feintes, fausses balles.

Mais je reste à la fenêtre, à distance de l'écran de télévision, à regarder la rue, en bas. La circulation qui bouchonne, les gens qui marchent, qui parlent dans leur téléphone, un jogger aux jambes malingres qui rebondit sur le trottoir, des baskets rouge et blanc par une journée de grisaille. C'est tout, pas grand-chose, sauf que la morosité de l'année dernière persiste, quand les rues étaient parfois presque vides, que le danger habitait l'air, littéralement.

Ce n'est pas encore terminé, et loin de là, le Covid-19, terme suprême.

Où est le travail que je devrais être en train de faire ? Au lieu de quoi, je reste à la fenêtre quand je ne marche pas dans les rues entre masqués et démasqués, m'exerçant à l'esquive, à l'évitement, constamment sur le qui-vive, le regard sans cesse en quête de trouées, traversant au mépris des feux de signalisation quand la circulation est bloquée, que les bus et camions semblent piaffer d'impatience, maintenant la distance d'avec les clients attablés sur les trottoirs, avant de regagner au plus vite la vie au-dedans, et mon poste d'observation, la fenêtre.

C'est la fiction, n'est-ce pas, cette immobilité de l'existence chez des individus seuls dans des pièces dont les murs se rapprochent, Camus, Beckett, Bruno Schulz ; sauf qu'à présent nous courons après la sécurité, et, si la pièce dispose d'une fenêtre où l'année dernière demeure enclose, l'hiver est là, et je vois, courbés sous leurs épais manteaux, des gens qui pressent le pas sous la neige qui commence à tomber, tandis qu'une ambulance fait entendre son hurlement infernal, que le bilan des morts augmente de minute en minute, et que des hommes de science s'efforcent de comprendre l'origine de l'épidémie.

Rats, chauve-souris, insectes.

Le tout cerné par l'ordinaire des jours : les engins de déneigement, les vieux bâtiments blancs, en face, avec leurs escaliers de secours noirs, leurs garde-fous mis à mal par le temps. Et, un peu en retrait de ces espèces d'immeubles, le grand bâtiment sombre, doté de son concierge, aux vitres vaguement dépolies derrière lesquelles on voit çà et là des objets mais quelqu'un jamais.

Les cyclistes, des sacs noirs suspendus au guidon. Pourquoi m'obstiner à regarder ? Et là j'entends un grondement qui vient, et voici des motos qui passent à fond de train, chevauchées par des motards casqués, trente, quarante, cinquante. Je les avais déjà vus ailleurs en ville, ces motards dont certains, quand les voitures de police formaient des barrages, prenaient la tangente dans des rues adjacentes, et je me tenais suffisamment près pour apercevoir leurs rictus déconfits derrière les visières, tandis que sur le trottoir les gens restaient pétrifiés, tout comme maintenant, cette jeune femme, par exemple, qui porte un masque orange, un chemisier rose et un short bleu, ses blanches jambes nues.

D'autres fois je marche à pas pressés sous l'averse, sans parapluie, face au vent, la main sur le couvre-chef, cette vieille casquette de baseball maculée de fientes de pigeons, désormais quasiment impeccable, que je porte depuis des années.

Retour au baseball. Journée d'ouverture, donc, avec les éternels spots publicitaires entre les manches, et le souvenir tenace de DiMaggio, Berra, Mantle, Maris, et à ma droite, sur la piste cyclable qu'on voit de la fenêtre, les cyclistes continuent de déferler, tout de débardeurs et de sacs à dos, allant où, je l'ignore, pendant que de l'autre côté de la rue, sur la vaste piste rouge, passe la longue silhouette bleue des bus de ville, et que, de temps à autre, sur les trois voies autorisées, se faufilent une voiture, des véhicules à initiales, UPS, FedEx, U-Haul, et des taxis jaune vif plus fréquents aujourd'hui que l'année dernière.

Mais les chiffres du Covid continuent de grimper et je fais deux trois pas en arrière pour observer, sur l'écran de télévision, la foule clairsemée, avec ses masqués et ses démasqués, très peu de mouvement, le jeu en pause active, une image dans une photographie, à l'heure où galeries et musées commencent à rouvrir leurs portes, et les cinémas, leurs grands écrans, et qu'on annonce que le match entre les Mets et les Nationals a été reporté.

Pas besoin de se demander pourquoi.

Posté devant la fenêtre, je ne suis pas en train de regarder le monde qui s'écoule : le monde est pratiquement à l'arrêt et j'imagine les millions et les millions de gens qui restent en sécurité à la maison, et je pense aux sempiternelles images que diffusent les journaux télévisés, des aiguilles dans des bras, le vaccin planétaire, et j'entrevois une ombre de poésie dans l'expression "aide à domicile".

Mon regard se porte à nouveau sur les livres rangés sur l'étagère au-dessus de l'écran, Günter Grass, Marguerite Duras, Ignazio Silone, avec la sensation de vieillir de minute en minute et l'impression que le cerveau se liquéfie. Tant de choses que j'ai oubliées, comme ces périodes d'intenses lectures, dans des traductions en anglais, cette quasi-frénésie de la découverte.

La semaine dernière, au fil de ma marche, de ses détours, de mes tentatives pour déjouer les feux de signalisation, je suis passé à côté d'un homme endormi sur le trottoir, je me suis écarté de la trajectoire d'un promeneur de chiens qui avait quatre bêtes en laisse et j'ai un moment suivi une femme âgée juchée sur un skateboard et un homme lesté d'une échelle jetée en diagonale sur son épaule.

Voilà ce que je continue à chercher depuis la fenêtre, plus rien d'ordinaire ou comme allant de soi, plus rien de tel depuis l'année dernière, depuis que les infos ont commencé à nous concasser le cerveau. Ou alors un tout jeune enfant qui marche en se dandinant, bras tendus, sa mère sur les talons. Et à ma droite, surplombant les clients attablés sous l'auvent des restaurants, je constate, sur les branches grêles des poiriers, l'ébauche d'une apparition de feuilles d'un vert pâle.

Et puis, à la fin, retour à l'écran de télévision pour voir l'entraîneur qui, sur le banc des joueurs, baisse son masque pour lâcher un crachat.

Baseball, baseball, baseball.

Don DeLillo

TABLE

LE SILENCE 7
Première partie 11
Seconde partie 69

HOMME À SA FENÊTRE 111

DU MÊME AUTEUR

WHITE NOISE (BRUIT DE FOND), Stock, 1986 ; Babel n° 371.
LIBRA, Stock, 1989 ; Babel n° 461.
LES NOMS, Actes Sud, 1990 ; Babel n° 879.
CHIEN GALEUX, Actes Sud, 1991 ; Babel n° 84.
MAO II, Actes Sud, 1992 ; Babel n° 512.
AMERICANA, Actes Sud, 1992 ; Babel n° 420.
JOUEURS, Actes Sud, 1993 ; Babel n° 563.
L'ÉTOILE DE RATNER, Actes Sud, 1996 ; Babel n° 1065.
OUTREMONDE, Actes Sud, 1999 ; Babel n° 580.
VALPARAÍSO, Actes Sud-Papiers, 2001.
BODY ART, Actes Sud, 2001 ; Babel n° 603.
COSMOPOLIS, Actes Sud, 2003 ; Babel n° 674.
CŒUR-SAIGNANT-D'AMOUR, Actes Sud-Papiers, 2006.
ŒUVRES ROMANESQUES, t. I, coll. "Thesaurus", Actes Sud, 2008.
L'HOMME QUI TOMBE, Actes Sud, 2008 ; Babel n° 1000.
POINT OMÉGA, Actes Sud/Leméac, 2010 ; Babel n° 1208.
GREAT JONES STREET, Actes Sud/Leméac, 2011 ; Babel n° 1254.
L'ANGE ESMERALDA, Actes Sud/Leméac, 2013 ; Babel n° 1486.
ZERO K, Actes Sud, 2017 ; Babel n° 1641.
LE MOT POUR DIRE NEIGE suivi de *LA SALLE DE JOUR*, Actes Sud-Papiers, 2018.
LE SILENCE, Actes Sud, 2021 ; suivi de *HOMME À SA FENÊTRE*, Babel n° 1864.
END ZONE, Actes Sud, 2023.

OUVRAGE RÉALISÉ
PAR L'ATELIER GRAPHIQUE ACTES SUD
ACHEVÉ D'IMPRIMER
EN JANVIER 2023
PAR NORMANDIE ROTO IMPRESSION S.A.S.
À LONRAI
POUR LE COMPTE DES ÉDITIONS
ACTES SUD
LE MÉJAN
PLACE NINA-BERBEROVA
13200 ARLES.

DÉPÔT LÉGAL
1re ÉDITION : FÉVRIER 2023
N° impr. : 2205716
(Imprimé en France)